NATALIE ANDERSON

Les vœux d'un patron

Traduction française de
BARNABÉ D'ALBES

Collection : Azur

Titre original :
THE BOSS'S STOLEN BRIDE

© 2023, Natalie Anderson.
© 2023, HarperCollins France pour la traduction française.

Ce livre est publié avec l'autorisation de HARLEQUIN BOOKS S.A.

Tous droits réservés, y compris le droit de reproduction de tout ou partie de l'ouvrage, sous quelque forme que ce soit.
Toute représentation ou reproduction, par quelque procédé que ce soit, constituerait une contrefaçon sanctionnée par les articles 425 et suivants du Code pénal.

Si vous achetez ce livre privé de tout ou partie de sa couverture, nous vous signalons qu'il est en vente irrégulière. Il est considéré comme « invendu » et l'éditeur comme l'auteur n'ont reçu aucun paiement pour ce livre « détérioré ».

Cette œuvre est une œuvre de fiction. Les noms propres, les personnages, les lieux, les intrigues sont soit le fruit de l'imagination de l'auteur, soit utilisés dans le cadre d'une œuvre de fiction. Toute ressemblance avec des personnes réelles, vivantes ou décédées, des entreprises, des événements ou des lieux serait une pure coïncidence.

Le visuel de couverture est reproduit avec l'autorisation de :
HARLEQUIN BOOKS S.A.

Tous droits réservés.

HARPERCOLLINS FRANCE
83-85, boulevard Vincent-Auriol, 75646 PARIS CEDEX 13
Service Lectrices — Tél. : 01 45 82 47 47 - www.harlequin.fr
ISBN 978-2-2804-9356-7 — ISSN 0993-4448

Composé et édité par HarperCollins France.
Imprimé en septembre 2023 par CPI Black Print (Barcelone)
en utilisant 100% d'électricité renouvelable.
Dépôt légal : octobre 2023.

Pour limiter l'empreinte environnementale de ses livres, HarperCollins France s'engage à n'utiliser que du papier fabriqué à partir de bois provenant de forêts gérées durablement et de manière responsable.

Les vœux d'un patron

1

Elias Greyson pouvait se vanter d'avoir hissé à son sommet l'art d'éviter toute forme de sentiment gênant. Loin de se contenter d'ignorer ses propres émotions, il gratifiait tout le monde, sans exception, de ce traitement. Au travail comme en privé, il accueillait récriminations, colères ou suppliques avec la parfaite indifférence d'un bloc de marbre. Les sautes d'humeur les plus brusques et les pires provocations glissaient sur son invincible armure. Elias Greyson ne trahissait jamais d'agacement, il ne répondait en aucun cas avec excès et personne ne l'avait vu, ne fût-ce qu'une seule fois, se montrer impulsif. En fait, d'après lui, toute réaction à chaud menait au désastre alors que la raison, le contrôle et la mesure garantissaient le succès... et cette méthode valait son pesant d'or ! Alors si le prix à payer était de se faire traiter de temps à autre de monstre, de cœur de pierre voire de pauvre type sans âme, eh bien, tant pis, il l'assumait.

Aujourd'hui, cependant, Elias abordait une journée qu'il fallait bien qualifier de pénible. Une journée à refouler le mélange de fascination et de gêne qui, depuis quinze jours, montait de façon inexorable.

Il en était profondément irrité. Une nouvelle fois, il vérifia l'heure dans le coin supérieur droit de son écran d'ordinateur et serra les dents. Il avait fallu que son assistante, ultra-efficace et d'une fiabilité irréprochable, choisisse cette journée pour faire exception à la règle. Bon sang ! Il devait quitter Londres d'ici quelques heures à peine, et s'envoler pour San Francisco afin de conclure une acquisition majeure. Tout devait être prêt afin qu'il s'empare enfin du portefeuille d'actions d'une firme plus difficile à harponner que prévu. Cette société devait en effet permettre à Elias de s'installer sur le marché d'Amérique du Nord et propulser ainsi son entreprise au rang de groupe international. Parvenir à ce résultat avant l'âge de trente ans, c'était son ambition depuis toujours. Aujourd'hui, il avait vingt-neuf ans et il était sur le point de réussir !

Or le dirigeant de la firme californienne, Vince Williams, exigeait davantage d'un investisseur qu'une solide et généreuse contribution au capital. Il se montrait soucieux de certaines « valeurs »... Très vieux jeu, marié depuis près d'un demi-siècle avec Cora, sa première petite amie de lycée, Vince était connu pour regarder d'un mauvais œil les hommes aux mœurs plus lestes. Certes, Elias n'était plus l'incorrigible séducteur qu'il incarnait encore deux ou trois ans plus tôt, mais le fait qu'il demeure célibataire semblait poser un problème à Vince.

C'était ridicule. Il comptait faire tomber les résistances de Vince dès le lendemain, quand ils se verraient en personne. Il deviendrait l'actionnaire majoritaire quoi qu'il en soit, mais... Il tenait à éviter l'échec d'une acquisition hostile et se sentait ainsi disposé à déployer toute sa bonne volonté pour correspondre aux « valeurs » de Vince.

Par conséquent, la dernière chose dont il avait besoin, c'était de se faire lâcher en rase campagne par sa propre assistante à quelques heures du départ !

Incroyable. Darcie Milne était *toujours* à l'heure. Pas une seule fois, depuis plus de deux ans et demi qu'elle travaillait à son service, elle n'était arrivée en retard. Souvent, il la trouvait même déjà installée à sa table de travail, seule dans l'immense bureau jouxtant le sien, alors qu'il était très matinal. Plus que les dix autres employés présents à l'étage.

Aujourd'hui, à son arrivée, le siège de la jeune femme était vide. Une nouvelle fois, il vérifia son smartphone : elle n'avait répondu à aucun de ses trois textos.

Il l'appela et tomba aussitôt sur sa boîte vocale.

— J'ai besoin de vous au bureau sur-le-champ, articula-t-il, la mâchoire serrée, avant de raccrocher.

Cinq longues minutes s'écoulèrent encore. Le flegme dont il était si fier se lézardait tant et si bien que sa concentration en fut affectée. Peu à peu, la colère céda à l'inquiétude. Ce comportement ressemblait si peu à Darcie ! Et s'il lui était arrivé quelque chose ? Quelque chose de grave ?

Il blêmissait en imaginant le pire quand la porte de son bureau s'ouvrit à toute volée au passage de Darcie Milne.

Comme vissé à son fauteuil, Elias demeura interdit. Pour la toute première fois depuis qu'il la connaissait, sa secrétaire ne portait pas son uniforme de travail, à savoir une chemise blanche très ample et l'un de ses inénarrables tailleurs – veste et pantalon trop grands de deux tailles et déclinés en gris chiné, gris à rayures, gris-bleu ou gris tweed.

Eh bien non. Darcie se tenait face à lui dans une jupe droite et un blazer blanc crème qui, sans la mouler ni trop en révéler, soulignaient les courbes harmonieuses de sa silhouette et faisaient miraculeusement apercevoir à Elias la peau claire et le galbe de ses jolies jambes. Ainsi que le dessin délicat de ses chevilles et...

Comme il se contraignait à détourner rapidement les yeux, il s'aperçut qu'elle ne le regardait même pas. Obstinément, elle fixait la surface lisse du bureau, et il sentit son irritation revenir. Bon sang, il y avait quinze jours qu'elle fuyait son regard. Depuis ce fameux soir où... Non. Il refusait d'y penser. Désignant l'horloge murale d'un geste impatient, il protesta :

— Qu'est-ce que vous avez fabriqué ? Il est 11 heures !

— Et alors ? Vous ne vous rappelez pas ce qui se passe aujourd'hui ? répliqua-t-elle d'un ton peu amène.

Elias en resta sidéré. Darcie était posée, diligente, efficace. Concentrée sur ce qu'elle avait à faire. Il était rare qu'elle trahisse la moindre humeur, ce qui ne l'empêchait pas de se montrer exigeante, ni de s'affirmer face à un interlocuteur trop impatient. Avec lui, néanmoins, elle avait toujours gardé son calme.

— Ce qui se passe aujourd'hui ? répéta-t-il, n'ayant aucune idée de ce dont il s'agissait hormis l'essentiel, *son* voyage d'affaires.

Les sourcils froncés, elle désigna une chemise en carton rouge sur son bureau et déclara :

— J'ai réduit la sélection à cinq. Ainsi le temps que vous devrez consacrer aux entretiens sera très raisonnable.

— Les entretiens ?

Il la vit se retenir de lâcher un soupir agacé.

— Oui. Pour le recrutement de votre prochaine assistante de direction.

— Mais c'est *vous*, mon assistante de direction ! rappela-t-il.

Un bref silence tomba dans la pièce.

— Vous avez oublié ma lettre de démission ? Pourtant vous l'avez reçue par courriel. Non seulement j'ai l'accusé de réception, mais je vous en ai laissé une copie sur votre bureau. C'était il y a deux semaines, jour pour jour.

Non, Elias n'avait pas « oublié ». Il avait seulement cru à un mouvement impulsif, au lendemain de ce fameux soir ;

une réaction excessive et inconsidérée qu'il valait mieux ignorer, dans son intérêt comme dans celui de Darcie.

Hélas, à la façon dont elle le dévisageait en ce moment, il redoutait qu'elle veuille *réellement* partir. Retrouvant son masque de chef d'entreprise conquérant, il la considéra avec aplomb.

— Relisez votre contrat, asséna-t-il sèchement. Vous me devez un préavis de trois semaines.

— Sans doute, mais avec la somme de congés payés que j'ai en réserve, ainsi que je vous le signifiais dans ma lettre, je m'offre les huit derniers jours.

Elle sourit et ajouta :

— D'ailleurs, vous me devrez encore un mois de vacances complet. C'est beaucoup.

Elias n'avait aucune envie de se lancer dans la comptabilité des jours de vacances ; il la croyait sur parole. Nom d'un chien, comment sa fidèle et loyale assistante pouvait s'être métamorphosée en rebelle qui prenait le large comme ça, sur un coup de tête, avec tant de désinvolture ? Était-ce seulement à cause de cette maudite soirée à Édimbourg ?

Pas si sûr... Sa curiosité était piquée. Il joua la carte de la patience.

— Je vois, murmura-t-il avec prudence. Donc là, aujourd'hui même, vous prenez vos vacances ?

Où diable allait-elle dans cette tenue immaculée ? En retraite dans un couvent ?

— En effet, confirma-t-elle avec sobriété.

Darcie ne serait ni la première ni la dernière employée à le quitter, songea Elias. Pourtant, dans ce cas précis, c'était différent. Peut-être devait-il considérer cette démission comme un mal nécessaire, mais il ne s'y résignait pas.

La concomitance de l'incident d'Édimbourg avec le départ fracassant de son assistante ne pouvait être un hasard... Il parviendrait à la faire changer d'avis. Sa loyauté ne s'était pas évaporée comme par magie.

— Vous êtes consciente que votre décision ne pouvait pas plus mal tomber ? demanda-t-il.

La jeune femme haussa négligemment les épaules.

— Non. Elle tomberait forcément mal. L'an dernier, demain, le mois prochain : il y aura toujours un contrat crucial sur votre bureau, et ma démission interviendra au pire moment.

Son aplomb le sidérait autant que la justesse de son analyse, mais il n'en montra rien.

— Sauf qu'aujourd'hui, Darcie, c'est *vraiment* le pire moment ! insista-t-il.

— N'en rajoutez pas dans le mélodrame, soupira-t-elle. Tout se passera bien : vous allez vous en tirer, comme toujours.

L'accusation était inouïe : c'était *lui* qui donnait dans le mélodrame ? Préférant conserver un visage impénétrable, il se garda de relever cette scandaleuse provocation.

— Eh bien non, il se trouve que cette affaire s'avère assez délicate et que je ne joue guère sur du velours, en l'occurrence. Or cette acquisition est...

— Vitale ? coupa-t-elle d'un ton moqueur. Impérative ? Est-ce que, sans moi, l'avenir de Greyson Corp est mis en danger ? Allons, Elias. C'est toujours la même chose, avec vous. Demain, en Californie, vous serez brillant et convaincant. Vous n'aurez pas besoin de moi. Et au retour, vous ne songerez déjà qu'à votre prochain marché. J'exagère ?

Désarçonné par tant d'ironie, Elias fixa la jeune femme.

Où était sa Darcie ?

— Vous voyez bien, enchaîna-t-elle, une note triomphale dans la voix. Il n'y aura jamais de « dernière affaire » avec vous. Vous êtes perpétuellement en chasse, à traquer le nouveau gibier alors que vous avez encore une proie entre les dents.

Même s'il jugeait la métaphore déplaisante, Elias ne comptait pas s'excuser d'avoir de l'appétit en affaires. Au moins, lui ne s'en cachait pas. Alors que Darcie, qui avait beaucoup de passion en elle, ce qu'il avait perçu dès le jour de leur rencontre, ne semblait guère prête à l'assumer... du moins jusqu'à ce matin.

Bien. Une battante venait de se révéler. Cela méritait d'être salué.

— Je double votre salaire, annonça-t-il, un sourire satisfait aux lèvres.

Pourtant, ce coup de théâtre n'eut pas l'effet escompté : la surprise passa dans les grands yeux bleu pâle de Darcie, puis elle posa les mains à plat sur le bureau pour se pencher vers lui.

— Je vous ai donné pratiquement chaque heure de chaque jour au fil des trois dernières années, ou presque. Je ne vous ai jamais refusé quoi que ce soit. Mais trop, c'est trop.

La voix de la jeune femme tremblait de colère lorsqu'elle ajouta :

— J'aurais dû me douter que vous auriez oublié ! Je vous signale que je n'avais même pas à faire acte de présence ici aujourd'hui ! Je suis venue par excès de loyauté... vis-à-vis de mes collègues.

— Par *excès de loyauté* ? répéta-t-il, outré.

Cette fois, le bolide qu'il avait le sentiment de conduire au sommet d'un précipice depuis l'entrée de son assistante dans ce bureau échappait tout à fait à son contrôle.

— Et *vis-à-vis de vos collègues*, Darcie ? Pas envers *moi* ?

— Envers vous ? Ah non ! répondit-elle, le menton levé.

— Mais...

— Je n'ai pas le temps de discuter plus longtemps, Elias, coupa-t-elle. Je suis pressée.

Il n'en croyait pas ses oreilles. Malgré son envie de savoir où diable elle courait ainsi, il resta silencieux : elle n'avait pas bougé d'un millimètre. Pourquoi lisait-il sur son visage un mélange de colère, d'amertume et... et de douleur ?

— Vous ne voulez même pas savoir pourquoi ? protesta-t-elle d'un ton aussi acide qu'accablé.

Son assistante. Obligeante, affable, fiable. Terne... Métamorphosée en sublime tornade d'énergie.

— Eh bien, je vais vous le dire quand même ! Parce que, aujourd'hui, je me marie ! Oui, c'est le jour de mon mariage et je me suis néanmoins donné la peine de faire le crochet par ici afin de vous rappeler d'embaucher quelqu'un d'autre ! Mais voilà, c'est fait ! Et c'est fini. Je m'en vais !

Quoi ?

Son *mariage* ?!

En regardant la jeune femme tourner les talons et claquer violemment la porte, Elias crut faire une crise cardiaque. Une crampe effroyable paralysa sa poitrine tandis que les dernières paroles de Darcie semblaient creuser des galeries en lui... Une bile noire le rongeait.

Son *mariage*...

Personne, non personne ne s'était permis de lui parler sur ce ton depuis longtemps. Qui diable épousait-elle ? Comment avait-elle trouvé le temps de fréquenter un homme... Et comment osait-elle lui faire ça ?

Bondissant de son siège, il traversa la pièce, ouvrit vivement la porte et balaya la salle adjacente du regard. Naturellement, Darcie n'était plus là. Elle avait dû piquer un sprint... pour lui échapper ! Ou pour retrouver son fiancé ?

Sa colère gravit encore un palier, comme il contemplait la grande salle de travail. Chacun de ses employés fixait sagement son écran dans une atmosphère à la fois studieuse et détendue.

Il se sentait mal à l'aise. Presque déplacé ; comme s'il risquait de les déranger. D'habitude, lorsqu'il venait ici, c'était pour parler à Darcie – et Darcie était son unique interlocutrice, celle avec qui il était simple et naturel de dialoguer. Enfin, jusqu'à ce fameux soir, une quinzaine de jours auparavant...

Les mots de la jeune femme dansaient encore dans sa mémoire : « S'il vous plaît, peut-on faire comme s'il ne s'était rien passé ? »

Regarder ailleurs, motus et bouche cousue, ce n'était pas le style d'Elias. Pourtant, il avait répondu favorablement à la *seconde* demande murmurée par Darcie Milne, ce soir-là.

— Où a-t-elle dit qu'elle partait ? demanda-t-il, trop furieux pour faire semblant d'ignorer que tout le monde, entre ces murs, avait entendu les accusations de sa secrétaire. C'est vrai qu'elle se marie aujourd'hui ?

Une rédactrice se tourna vers lui en souriant.

— C'est romantique, n'est-ce pas ?

Romantique ? Non. C'était grotesque. Sauf si... Était-elle fiancée depuis longtemps ? Avait-elle préparé ce mariage durant des mois entiers ?

— Pourquoi dites-vous cela ? s'enquit-il d'un ton intrigué.

Une collègue entrée ici depuis moins d'un an en savait davantage que lui sur la vie privée de son assistante ? Malgré *tout le temps* qu'il passait avec elle en tête à tête ?

— Euh, je ne sais pas. Comme ça, bredouilla la jeune femme. Parce qu'elle a annoncé la nouvelle lors de la fête, hier soir.

Fête à laquelle il n'avait pas été convié, bien sûr ! Encore une vexation. Mais cela n'avait pas d'importance. En revanche, il aurait aimé savoir si Darcie avait bu autant de champagne qu'à Édimbourg. Elle qui n'avalait jamais une goutte d'alcool en temps normal. Car au fil des dizaines de dîners qu'ils avaient partagés à bord de son jet privé, pour les déplacements d'affaires, en trois ans, pas une fois elle n'avait accepté un verre.

Jusqu'à Édimbourg.

« Vous montez avec moi ? » Ces quatre mots, braises refusant de s'éteindre, hantaient ses nuits. Les avait-elle déjà prononcés au bénéfice d'un autre homme, avant lui ? *Avec cette voix-là ?*

— Où ce mariage doit-il avoir lieu ? glapit-il.

D'un ton sec, la rédactrice répondit :

— À l'hôtel de ville. Salle des unions.

Quoi ? Elle se mariait en semaine, dans la salle si triste et si impersonnelle d'une mairie ? Pourtant, même les Londoniens qui ne souhaitaient pas gaspiller des sommes folles dans un grand mariage pouvaient organiser une ravissante cérémonie à l'église ou, non loin de la capitale, à la campagne...

Décidément, cette histoire était bizarre. Et Darcie s'était comportée de façon *extrêmement* bizarre, ce matin.

Rien de tout cela ne tenait debout. Ni ce mariage soudain, ni ce changement d'attitude inexplicable. Elle n'était pas elle-même et cette situation sans queue ni tête devait prendre fin.

Oui, il allait rétablir l'ordre. Darcie Milne ne se marierait pas aujourd'hui. Pas question.

2

Non sans anxiété, Darcie arpentait de long en large la salle des pas perdus de la mairie, les yeux rivés sur la porte à tambour. Le mariage serait célébré dans dix minutes, or ce qui s'imposait à son esprit, c'était l'expression d'Elias avant qu'elle claque la porte.

Ce visage livide qui trahissait sans doute de l'agacement, de la contrariété peut-être, mais... rien de plus. Pas d'émotion plus profonde. Cet homme-là était incapable d'éprouver des émotions dans le cadre de leur relation, où il avait pris l'habitude d'obtenir tout ce qu'il désirait. Il allait donc falloir qu'elle tire un trait sur ce qu'il lui inspirait – ce satané béguin qui l'avait conduite à l'humiliation suprême, deux semaines plus tôt.

Prenant une longue inspiration, elle ferma les yeux pour s'efforcer de claquemurer ce souvenir au plus profond de sa mémoire. Ce souvenir cuisant. Brûlant.

Parce que c'était fini. F-i-n-i.

Plus jamais elle ne verrait Elias Greyson. Et parce qu'elle était sur le point de se marier... du moins, si le principal intéressé consentait à faire son entrée.

Un frisson la secoua, comme si elle venait d'attraper une méchante grippe. Le cœur en alerte, elle vérifia l'heure sur sa montre – pour la centième fois depuis deux minutes.

15

Pourquoi Shaun n'était-il pas là ? Oh ! elle avait toujours su qu'il entrait dans cette aventure en traînant les pieds mais... elle était certaine de l'avoir convaincu. D'ailleurs, elle n'était pas la seule à être prête à tout pour Zara. Shaun aussi l'avait adorée et, désormais, Lily représentait tout ce qui restait de leur amie. Cette petite fille avait besoin d'eux. Darcie ne pouvait pas supporter l'idée que l'enfant demeure plus longtemps dans le circuit de l'accueil social.

Shaun avait fini par se laisser rallier à la cause de Darcie lorsqu'elle avait brandi l'argument financier : elle avait économisé assez d'argent pour qu'il puisse monter sa propre entreprise – elle aurait fait n'importe quoi pour garantir l'avenir de Lily. Et il lui resterait de quoi tenir sans travailler pendant quelques mois... Ensuite, Lily irait à l'école, et Darcie retrouverait un poste salarié tout en donnant un coup de main à Shaun. Maintenant que son expérience en tant qu'assistante de direction auprès du P-DG de Greyson Corp figurait au sommet de son CV, elle décrocherait une bonne place sans trop de difficultés. À moins que... à moins qu'Elias refuse de lui donner de bonnes références ? Après tout, vu la façon dont elle venait de lui crier dessus, ce n'était pas une hypothèse à exclure. En même temps, serait-il assez injuste pour faire l'impasse sur deux ans et demi de bons et loyaux services à cause d'une matinée déplaisante ? Il n'avait jamais eu à se plaindre de son travail et, d'ailleurs, il la rémunérait *très* bien. Le salaire de Darcie était deux à trois fois plus généreux que celui d'une collègue en fin de carrière, alors qu'elle n'avait pas d'expérience en arrivant chez lui...

À l'exception de la séance de ce matin, jamais elle ne s'était exprimée de façon déplacée. Sauf à Édimbourg – où il avait promis de faire comme s'il n'avait rien entendu.

Pour autant, elle n'oubliait pas son visage stupéfait, son

regard perdu un moment auparavant. Il n'avait même pas remarqué qu'elle partait la veille au soir avec tous les employés du bureau pour la pizzeria située en bas de l'immeuble ! C'était elle qui avait organisé cette soirée de départ et, naturellement, Elias ne figurait pas sur la liste des invités qu'elle avait prévenus par courriel : jamais il ne serait venu. Toutefois, elle était assez sidérée de constater qu'il n'avait rien vu, rien su.

Il était tombé des nues lorsqu'elle lui avait rappelé sa démission. D'ailleurs, son visage décomposé aurait dû la faire éclater de rire. Ce dont elle était hélas incapable, son cœur battant trop fort chaque fois qu'elle pouvait admirer la ligne sculpturale du front droit et lisse d'Elias, son nez légèrement aquilin, son menton où apparaissait parfois – rarement mais cela arrivait – une irrésistible petite fossette.

C'était arrivé tout de suite, le premier jour : le coup de foudre. Malgré un travail quotidien acharné et près de trois années de collaboration... elle n'avait pas réussi à étouffer le satané petit béguin qu'il lui inspirait !

— Darcie ? Désolé, je suis en retard...

Le cœur débordant de gratitude et de soulagement, elle sourit à Shaun qui courait vers elle, en jean délavé et T-shirt à manches longues. Bon, il était là, c'était l'essentiel, et elle plaqua un sourire sur ses lèvres. Après tout, elle-même s'était contentée du minimum, avec son tailleur grège. Elle ne portait même pas de bouquet, contrairement à... Malgré elle, elle imagina le plus délicat bouquet de mariée qu'on puisse imaginer dans les mains manucurées et impeccables d'une sirène en fourreau de soie blanche souriant à un Elias plus séduisant que jamais, dans son costume à redingote et son veston...

— Aucune importance. N'y pense plus. Allons-y, c'est bientôt l'heure, dit-elle en désignant le premier étage.

Shaun parut embarrassé et resta immobile.

— Mais euh... Tu n'as toujours pas fait le virement ?

— Non, je n'en ai pas eu le temps. J'ai été appelée à...

— Je suis désolé, Darcie, mais tu sais que ce versement est *sine qua non*.

Reportant son attention sur Shaun, elle s'aperçut que la sueur perlait à son front. Il se dandinait d'un pied sur l'autre comme s'il ne tenait pas en place.

— Allez ! insista-t-il. Tu sais bien qu'on doit en passer par là. Passe le virement pour que je puisse le transférer aussitôt.

Darcie sentit sa confiance retomber tel un soufflé au fromage. Bon sang, on ne pouvait donc compter sur personne. Personne ! Elle connaissait Shaun depuis des années : elle connaissait ses faiblesses. Des faiblesses contre lesquelles il luttait, comme elle contre le signal d'alarme qui se déclenchait en elle – la quasi-certitude qu'elle était sur le point d'être lâchée une nouvelle fois.

— Ça ne peut pas attendre une heure ? s'enquit-elle d'un ton aussi neutre que possible.

— J'ai promis l'argent hier. Tu le sais très bien !

La frustration de Shaun s'exprimait de manière de plus en plus flagrante. Mais Darcie refusait de renoncer à ce mariage. Elle en avait besoin. Il garantissait l'avenir de Lily, et, bon an mal an, elle devait faire confiance à Shaun : il allait suivre le mouvement. Ne serait-ce que parce qu'il était lui-même issu du circuit social des familles d'accueil.

— Bon, concéda-t-elle. C'est entendu. Je vais passer le virement tout de suite.

Elle alla s'appuyer contre un mur et ouvrit son application bancaire, sur son smartphone. Elle faisait le bon choix. Allons, du calme. Tout se passerait bien : oui, Shaun avait traversé des périodes difficiles et oui, il avait commis des erreurs, mais il faisait de son mieux. D'ici une heure, ils quitteraient cet édifice en tant que mari et femme : ce qui lui appartenait serait à lui et vice versa. Elle tiendrait une scrupuleuse comptabilité de son nouveau business car, grâce à son expérience auprès d'Elias, cette discipline n'avait plus de secrets pour elle.

— Voilà, annonça-t-elle en souriant à Shaun. L'argent sera sur ton compte dans quelques instants.

— Super, répondit-il en brandissant son téléphone.

En s'éloignant, il expliqua :

— Je l'appelle pour lui dire qu'il va être payé.

— Bon, d'accord, mais ne tarde pas : ce sera notre tour d'ici quelques minutes.

Hochant la tête d'un air distrait, il s'éloigna, l'appareil contre l'oreille.

— Darcie ?

La voix derrière elle la fit frémir. Rêvait-elle ? Ce n'était pas possible.

Pourtant, il lui suffit de pivoter sur ses talons pour le voir foncer droit sur elle, avec toute l'élégance de sa stature athlétique et svelte, en costume italien, le visage déformé par l'outrage, aussi sublime et terrifiant qu'un guerrier vengeur du Moyen Âge... Et à sa stupeur, dès qu'il la rejoignit, il la saisit par le poignet.

Cette initiative la surprit tellement qu'elle resta comme pétrifiée sur place. Il n'y avait jamais eu, pas une fois en près de trois ans, un seul contact physique entre eux. Ils ne se serraient pas la main. En toute circonstance, ils se tenaient face à face, et non côte à côte.

— Qu'est-ce que c'est que cette histoire de mariage ? glapit-il en désignant, sur sa main, son annulaire nu.

Le bleu turquoise de ses yeux avait viré au gris d'orage.

— Pas de bague de fiançailles ! enchaîna-t-il furieusement.

Je le savais : vous n'en portez pas aujourd'hui et vous n'en avez *jamais* porté !

Eh bien, si elle s'y attendait... Il avait remarqué cela ? Lui ?

Adoptant une attitude fière et condescendante, elle haussa les épaules.

— Et alors ? Tout le monde n'est pas aussi matérialiste que vous. Ni aussi conformiste !

— Bien sûr, railla-t-il. Votre fiancé est trop avare, c'est ça ?

Elle se contenta de le fusiller du regard et, sans lâcher son bras, il protesta de plus belle :

— Vous n'êtes pas sérieuse ! Vous n'allez pas vous marier, je ne peux pas le croire !

— Et pourtant si, affirma-t-elle d'un ton victorieux.

— Vous ? Ici ?

Il désigna la salle des pas perdus d'un air consterné. La peinture des murs s'écaillait et comme dans la plupart des bâtiments publics, les néons ne projetaient guère une lumière douce sur la pièce vide, triste et vieillotte.

Se hissant sur la pointe des pieds, Darcie jeta un coup d'œil par-dessus l'épaule d'Elias. Derrière la baie vitrée, Shaun, toujours au téléphone, les fixait avec un mélange d'incrédulité et d'effroi.

— Oui, parfaitement, lâcha-t-elle.

— Dans cette tenue ? insista-t-il.

Profondément heurtée par ce commentaire désobligeant, Darcie songea que son patron n'avait jamais commenté son apparence jusqu'alors. Pourquoi fallait-il que le premier manquement à cette règle d'or prenne la forme d'une insulte ?

— Mais qu'est-ce que ça peut vous faire ? opposa-t-elle. Je m'habille comme je veux le jour de mon mariage ! Et d'abord, qu'est-ce que vous fabriquez ici ?

Ayant décidément abandonné son flegme légendaire, Elias dominait mal sa colère.

— À votre avis ?

— C'est encore cette histoire de congés pris sur mon préavis ? s'emporta-t-elle. Ah, c'est ça, votre problème ! Ça ne vous a pas plu, n'est-ce pas ? Vous ne pouvez pas supporter que même durant l'ultime semaine, jusqu'à la dernière minute, je ne sois pas au garde-à-vous !

Soutenant son regard avec un calme inquiétant, il avança d'un pas et répondit :

— Cela n'a strictement rien à voir avec ça.

Darcie déglutit avec peine. Il se tenait beaucoup trop près. Non seulement elle percevait la chaleur dégagée par son immense corps masculin, mais son parfum de bergamote lui caressait les narines jusqu'à l'enivrer et surtout... il y avait toujours sa main sur sa peau.

Combien de fois avait-elle rêvé que ces longs doigts errent sur elle en interminables caresses ? Le souffle court, elle le dévisagea. Il était très en colère, témoignant ainsi d'une émotion dont elle ne l'aurait pas cru capable, à force de le voir tout le jour, en n'importe quelle circonstance, aussi imperturbable qu'un bouddha de jade.

Et il n'y avait pas que de la colère. Une énergie incroyable, sauvage, semblait passer dans la main d'Elias et électriser son épiderme. Comme si le contexte où ils évoluaient l'un et l'autre depuis trois ans, trop civilisé, ultrasophistiqué, volait soudain en éclats. Sans transition, sans filtre.

La proximité d'un danger insaisissable lui fit battre le cœur à coups redoublés.

— Ce que je fais ici aujourd'hui, avec qui et comment, ce ne sont absolument pas vos affaires, conclut-elle d'une voix glaciale.

Pour son étonnement, un sourire amusé apparut au coin des lèvres de son ex-patron, en même temps que l'adorable fossette sur son menton.

— Pas mes affaires ? répéta-t-il d'un ton moqueur. Allons donc ! Je suis incapable de me désintéresser d'une affaire, Darcie. Vous l'avez dit vous-même ce matin.

Il dédramatisait. Il était exceptionnellement doué pour ça, se rappela-t-elle en levant les yeux au ciel et en ne parvenant pas à réprimer un sourire.

— Elias...

— Qui êtes-vous ?

Darcie se sentit à nouveau pétrifiée. Shaun était revenu et fronçait les sourcils en dévisageant Elias d'un air méfiant.

Hélas, son malaise s'aggrava lorsque, tournant vers elle une mine incrédule, Elias s'exclama :

— C'est une blague ! Vous n'allez pas épouser ce type !

Comme elle ne répondait pas, il ajouta très vite :

— Vous n'êtes pas amoureuse de lui.

À ces mots, Darcie sentit son cœur se momifier. Ou plutôt, c'était la façon dont Elias la contemplait. Comme s'il la connaissait. Comme si elle n'avait aucun secret pour lui. Ce qui était faux, archi-faux !

— Je sais que vous n'êtes pas amoureuse de lui, persévéra-t-il, parce que...

— Non ! le coupa-t-elle, terrifiée à la perspective qu'il évoque Édimbourg.

Ici. Devant Shaun.

— Taisez-vous, ordonna-t-elle. Je vous interdis d'aller plus loin.

— Bien sûr qu'elle n'est pas amoureuse de moi, observa Shaun. De même que je ne suis pas amoureux d'elle.

En voyant les sourcils d'Elias se relever d'un bon centimètre, elle eut envie de disparaître sous terre.

— Ah non ? C'est pourtant bien vous, son fiancé ? s'enquit benoîtement Elias.

Sa voix, innocente et douce, n'aurait pas l'effet souhaité

sur Shaun, pensa-t-elle. Elias représentait tout ce que celui-ci détestait : l'ascension sociale, l'argent, le pouvoir, les privilèges. Exactement comme l'homme qui avait mis Zara enceinte cinq ans auparavant.

— Ce petit drame de la jalousie bourgeoise est lamentable, commenta Shaun avant de se tourner vers elle.

Le visage fermé, il poursuivit :

— Tu ferais peut-être mieux de conclure ce marché avec ce nabab, Darcie.

— Shaun !

Trop tard. Il avait tourné les talons et, alors que la voix de la raison lui hurlait de lui courir après, elle resta là, sur place, interdite. À contempler le désastre.

À regarder son ami l'abandonner au premier prétexte, et disparaître.

— Darcie Milne et Shaun Grey ? s'enquit un employé de mairie.

Il y avait longtemps qu'elle le savait : Shaun n'était pas sûr de lui. Il s'engageait dans cette affaire de si mauvaise grâce qu'elle avait délibérément attendu le dernier moment pour honorer sa promesse de virement – oui, elle savait que la réalisation de ce mariage ne tenait qu'à un fil.

Mais elle savait aussi que sans l'intervention d'Elias, elle se trouverait en cet instant dans la salle des mariages à côté de Shaun. Qu'elle avait réussi à le convaincre !

— Vous êtes content ? Regardez ce que vous avez fait ! s'écria-t-elle, amère et furieuse.

— Mieux vaut maintenant qu'après l'échange des anneaux, répliqua-t-il sur un ton moraliste qui donna à Darcie envie de l'étrangler.

— Comment osez-vous ? souffla-t-elle.

Un tsunami d'émotions la débordait. Un tsunami qu'elle ne maîtriserait pas longtemps.

— Vous faites irruption ici, vous lancez vos accusations comme si vous saviez tout ! Mais de quel droit prétendez-vous nous juger ? Qui vous permet de venir tout balayer, tout détruire ?

— Ce n'est qu'un mariage, dit-il en haussant les épaules. Pas une question de vie ou de mort.

— Justement si, et vous avez tout faux ! Il fallait absolument que je me marie aujourd'hui !

— Si votre fiancé vous abandonne uniquement parce qu'il m'a vu vous approcher pendant trente secondes, c'est auprès de lui que vous devriez vous plaindre.

Difficile de contrer cet argument, pensait-elle lorsqu'il ajouta :

— Et s'il déclare lui-même qu'il n'est pas amoureux de vous... cette union n'était guère placée sous les meilleurs auspices.

— Non, évidemment que non : il n'était pas amoureux de moi, répliqua-t-elle, exaspérée. Parce que tous les mariages ne sont pas des comédies romantiques, Elias ! Il peut s'agir d'une solution concrète à un problème, seulement, dans votre petit univers de milliardaire, là-haut sur les nuages, vous ne savez même pas ce que signifie le mot problème !

Le regard de son ancien patron s'éclaircit, comme si ces mots le comblaient d'aise au lieu de le heurter.

— Quel problème tentez-vous de résoudre ?

Oh bon sang, quel personnage insupportable ! Son arrogance semblait sans limites. Il croyait qu'elle allait lui faire des confidences ?

— Darcie, insista-t-il en se penchant vers elle comme elle gardait le silence.

Elle sentit un courant électrique passer à la surface de sa peau lorsqu'il reprit d'un timbre de velours :

— Parlez-moi. Dites-moi quel est votre problème.

C'était une catastrophe. Elle fondait au simple son de sa voix. Elle s'en voulait tellement de réagir ainsi !

— Je vous hais, souffla-t-elle. Tout est votre faute.

En quelques secondes, il avait tout gâché. Des semaines d'efforts et de démarches.

— Qu'est-ce qui vous donnait le droit de vous présenter ici ? Je ne vous ai pas invité, vous n'étiez pas le bienvenu ! Et tout cela parce que j'ai déduit la dernière semaine de préavis de mes congés ? Il n'y a pas, il n'y aurait jamais eu de bon moment pour vous donner ma démission. Vous êtes toujours en train de conclure un marché décisif et sur le point de mettre la main sur une affaire cruciale. Et mon affaire à moi ? Vous y avez pensé ? Je n'en avais qu'une, c'est la seule que je voulais et votre intervention me prive de l'obtenir. Vous avez tout gâché !

C'en était trop. Son cœur battait trop fort, et elle fondit en sanglots.

— Quel salaud ! lança Elias. Il était évident que ça ne pourrait pas tenir !

— Mais je m'en fiche éperdument ! cria-t-elle. Ce n'est pas la question ! Nom d'un chien, je n'avais pas besoin que ça tienne très longtemps !

Le poids de l'échec lui tombait dessus, lourd et cruel. Un échec dont les conséquences étaient presque impossibles à regarder en face. Elle allait être obligée de reporter sa candidature pour une garde, ce qui renvoyait à un horizon encore plus lointain la procédure d'adoption... Lily était si petite. Si seule. Si perdue. Lily comptait plus que tout pour elle. Quant à l'argent qu'elle venait de faire virer à Shaun... En reverrait-elle un jour la couleur ? Ou bien allait-il disparaître durant des mois, comme cela lui était déjà arrivé ? Il était peut-être injuste de faire d'Elias le bouc émissaire de ce fiasco et le réceptacle de sa colère, mais... Non. Pas tant que ça.

— Vous êtes incapable de penser à quelqu'un d'autre que vous-même, accusa-t-elle. Vous, vos envies, vos exigences, vos caprices... rien d'autre n'existe ! Eh bien, allô, grande nouvelle : moi aussi, j'ai des désirs, des besoins ! Or il était *absolument* nécessaire que je me marie aujourd'hui !

— Bon, écoutez, si c'est vraiment *ça*, le problème, dans la mesure où je l'ai causé, permettez-moi de le résoudre.

Il avait visiblement retrouvé son sang-froid proverbial, constata-t-elle. Car il la considéra avec cette espèce de sérénité sérieuse qui le caractérisait si bien pour conclure :

— Vous avez absolument besoin de vous marier aujourd'hui, dites-vous ? D'accord. Je vous épouse.

3

Durant une seconde de folie pure, Darcie s'imagina qu'il était sincère et sentit son corps réagir de façon explosive. L'excitation sortait par tous les pores de sa peau, son cœur battait sur un rythme endiablé, et une boule de feu se formait dans son ventre. Épouser Elias Greyson... Elle !

Hélas, l'espoir fou qui venait de l'envahir éclata aussi vite qu'une bulle de savon, et elle redescendit sur terre. La réalité dans toute sa froideur fouetta ses joues rosies par le fantasme, et elle parvint à répondre avec bienséance :

— Ne dites pas n'importe quoi, voyons.

L'expression de son interlocuteur restait ferme.

— Justement, non, assura-t-il.

Mais Darcie refusait de le croire. La stupide rêverie sentimentale que lui avait inspirée son patron durant près de trois ans était déjà bien assez pathétique, elle n'allait pas en plus risquer d'être impitoyablement blessée. Il ne voulait pas d'elle ! Elle le savait : entre eux, dans ce domaine, les choses étaient claires.

— Je ne plaisantais pas, renchérit-il. Il suffit d'un peu d'organisation.

Tant d'arrogance et de légèreté ranimèrent la colère de Darcie.

— « Un peu » ? railla-t-elle. Non, vous croyez ?

Il y avait des mois entiers qu'elle consacrait ses efforts à faire en sorte que ce jour arrive. Et lui, la fleur à la boutonnière, se figurait qu'il suffisait de claquer des doigts !

— Nous ne sommes pas à Las Vegas, Elias, nous sommes en Angleterre ! Entre les formulaires à remplir pour l'état civil, les délais incompressibles de publication des bans, la réservation d'une cérémonie… Vous ne vous rendez pas compte ! Il faut des semaines.

Imperméable à sa gronderie, il parut réfléchir et murmura :

— Attendez, c'est dans le nord, je crois, quel est le nom… Gretna Green ?

— Gretna Green ? répéta-t-elle, incrédule. Vous… Vous vous croyez sous l'ère victorienne ?

Darcie éclata de rire. Le village écossais qui permettait aux jeunes gens de se marier sans le consentement de leurs parents demeurait un haut lieu de folklore, mais…

— Elias, nous sommes majeurs, vous et moi ! Et même à Gretna Green, il faut en passer par la procédure légale. Il y a des délais à respecter.

Il haussa les sourcils.

— Ah, tiens donc. Bon. Et la rapidité est ce qui compte le plus pour vous, n'est-ce pas ?

Darcie serra les dents. Elle ne pouvait plus attendre *parce que Lily ne pouvait plus attendre* : l'enfant était sur le point d'être retirée d'un foyer et confiée à un autre. Encore une épreuve pour la petite fille qu'elle voulait à tout prix prendre à sa charge. Et Elias… Un homme aussi maniaque et tyrannique pouvait comprendre qu'une action rapide était cruciale, mais Darcie ne comptait pas s'expliquer.

Elle le considéra avec détermination pour répondre par une seule syllabe, haute et forte :

— Oui.

28

Durant un quart de seconde, elle crut lire de l'admiration dans son regard bleu, d'une couleur si intense.

— Et peu importe qui est le mari ? questionna-t-il.

De toute évidence, il tentait de traduire en termes rationnels l'inconnue de l'équation. Bon, à vrai dire, sa perplexité était légitime…

Elias Greyson n'était pas homme à se marier et, en admettant qu'il s'y décide un jour, la femme qu'il se choisirait ne ressemblerait en rien à Darcie. Quand elle avait commencé à travailler pour lui, il menait une vie de don Juan : à chaque soirée, gala, cocktail mondain auquel il participait, il faisait la conquête d'une sublime créature au réseau d'influence aussi impressionnant que le sien, avec qui il passerait quelques nuits. Darcie n'était ni riche ni puissante, elle n'avait pas une taille de guêpe et aucune pièce de sa garde-robe ne portait de signature prestigieuse. Non seulement elle ne fréquentait pas les *dancefloors* VIP mais, quelques années auparavant, elle en avait connu d'une tout autre sorte… sauf que jamais il n'entendrait cette confidence de sa part, bien sûr !

Elle ne sortait pas des plus grandes écoles, et sa famille ne ressemblait guère aux souriantes dynasties de la vieille aristocratie britannique, posant dans le salon très chic de leur manoir à la campagne.

Et si Elias n'en savait rien, c'était parce qu'il s'en fichait éperdument : pour lui, elle n'était rien d'autre qu'une assistante.

— Cette mauvaise plaisanterie n'a que trop duré, Elias, asséna-t-elle sèchement. J'en ai assez, je m'en vais. Vous devriez partir, vous aussi. Vous en avez bien assez fait pour aujourd'hui.

Sans même attendre sa réponse, elle lui tourna le dos et

se dirigea droit vers la porte à tambour. Mais elle n'avait pas fait dix pas qu'elle sentit toute son énergie la quitter.

Vidée, désespérée, elle n'avait plus de courage... Elle n'avait plus rien.

Elias regarda Darcie changer de direction et aller s'écrouler sur une banquette en cuir à l'entrée de la mairie.

Son sang ne fit qu'un tour. Il ne s'agissait pas d'un numéro de cinéma de la part d'une capricieuse frustrée de ne pas avoir eu ce qu'elle désirait... Oh non ! C'était l'effet d'un coup de massue final pour une personne au bout du rouleau, désespérée.

Elle était livide, et jamais il n'avait vu sa calme et fiable assistante si défaite – en mille morceaux. De même qu'elle ne lui avait jamais parlé comme elle l'avait fait ce matin. Du reste, personne ne s'était permis de s'adresser à lui de cette manière depuis des années.

Il se rappela le bleu de son regard, aussi pur que celui d'un glacier, à l'instant où il avait proposé de l'épouser. Durant quelques secondes, elle avait rayonné d'une joie vibrante, retrouvé sa vigueur, sa force intérieure. Puis elle avait ri... D'un rire jaune, acide.

Elias en avait encore des sueurs froides. Il n'interférait jamais dans la vie privée de quiconque ! Par principe, par respect, par égoïsme peut-être – en tout cas, il s'était fait autrefois le serment de ne jamais s'immiscer dans les affaires d'autrui. Il refusait de devenir aussi arrogant, aussi dominateur que son père. Et comprit que c'était exactement ce qu'il venait de faire... Bon sang, il avait empêché Darcie de se marier, ainsi qu'elle l'avait prévu !

Horrifié par son crime, il s'était décomposé, avant d'être saisi par le besoin éperdu de corriger cela. De redresser le sort en épousant la jeune femme, puisque c'était apparemment la chose la plus importante au monde pour elle.

Si seulement il avait accepté de la croire ! Mais ce mariage si soudain, le choix de ce lieu morne et triste, l'absence de décorum et de tout romantisme, l'aspect débraillé du futur marié... Il avait pensé qu'elle se payait sa tête. Et il en était furieux !

Désormais, il restait face au mystère le plus entier : pourquoi diable fallait-il qu'elle se marie aujourd'hui ? S'agissait-il d'une affaire d'expulsion ? De visa de travail ? Peu probable : Darcie avait la nationalité britannique, elle ne risquait rien de ce côté. Alors ? Cette histoire n'avait aucun sens !

Il soupira. Même s'il était dans le brouillard, un élément du paysage restait net : face à lui, Darcie, toujours solide, toujours vaillante, se tenait hagarde et abattue, au comble du désespoir. Et c'était sa faute.

Un couple passa près de lui et il sentit peser sur sa personne un double regard désapprobateur. Incroyable. Le Méphisto du jour, Lucifer en personne, c'était lui ! Alors qu'il venait de la sauver d'une union avec un type qui criait à la cantonade ne pas être amoureux d'elle et qui décampait à la première contrariété !

Passant une main dans ses cheveux, il reporta son attention sur Darcie, si blême, si perdue. Il était incapable d'affronter les émotions – les siennes comme celles des autres. Depuis son enfance, il souffrait de cette infirmité. Ses parents ne lui avaient guère transmis de talents et d'armes dans ce domaine... Ils l'avaient plutôt étouffé dans leur union toxique.

Raison pour laquelle il s'en tenait aux affaires, au concret. Seulement, là... Il s'agissait de Darcie.

— Où sont vos témoins ? s'enquit-il en s'approchant d'elle.

Sans lever les yeux, elle haussa les épaules et révéla :

— Nulle part. Nous allions faire appel aux huissiers de mairie qui disposent de cette compétence.

Elias réprima un nouveau soupir.

— Et vous n'avez pas invité un seul membre de votre famille ? Ni des amis ?

Elle le contemplait fixement, sans répondre.

— Je ne vous suis pas, reprit-il. Pourquoi cacher cette union puisqu'elle vous tient tellement à cœur ?

La jeune femme gardait obstinément le silence.

Difficile d'accepter une situation à laquelle il ne comprenait rien ! Était-elle amoureuse de cet abruti ? Il ne lui fallut guère de temps pour évacuer cette question. Non, bien sûr que non : ce n'était pas l'homme qu'elle allait épouser qui la mettait dans cet état mais le mariage en lui-même.

En fait, elle lui avait dit la vérité, conclut-il. Elias allait devoir ravaler son besoin de savoir : pour une raison qui lui échappait et qui semblait relever d'un ordre quasi métaphysique, Darcie Milne devait *impérativement* se marier aujourd'hui.

Une nouvelle fois, il revit l'expression radieuse sur son visage à l'instant où il avait offert de l'épouser.

Pourquoi avait-elle ensuite refusé de le croire ? Soudain, sa colère se réveilla. Elias Greyson ne prenait pas d'engagement à la légère ! Il tenait *toujours* parole !

Non sans impatience, car il ne supportait plus cet endroit, il se planta devant elle avec détermination, les mains sur les hanches.

— Venez, ordonna-t-il. On y va.

Darcie ne bougea pas. Elle n'en avait plus la force.

— Vous voulez toujours vous marier, non ? reprit-il.

Elle était trop découragée, trop écœurée pour avoir envie de lui expliquer la situation. De lui parler de Lily. D'ailleurs, à quoi bon parler d'une enfant à un play-boy indifférent à toute question familiale ? Jamais il ne comprendrait.

— Vous avez votre sac de voyage ? s'enquit-il.

— Non, répondit-elle platement. Pour quoi faire ? Et je vous rappelle que j'ai démissionné. Je ne vous accompagne pas en voyage d'affaires.

— Bon, nous passerons le récupérer chez vous sur le chemin de l'aéroport. Allons, en route.

Darcie songeait à ce sac toujours prêt pour un déplacement de vingt-quatre à quarante-huit heures... Elle était sûre de ne plus en avoir besoin mais lorsque Elias lui prit le bras pour l'attirer jusqu'à sa voiture, au-dehors, elle ne trouva pas la force de résister.

— Vous connaissez l'adresse de Darcie ? demanda Elias à Olly, son chauffeur.

— Bien sûr, Monsieur.

— Alors on y va.

Interloquée, elle s'enfonça dans la confortable banquette en cuir à l'arrière de la berline.

Un moment après, Elias lui emboîtait le pas dans l'escalier de l'immeuble et, lorsqu'elle ouvrit la porte de son appartement, elle sentit deux ans et demi de secret s'évaporer. Quel gâchis ! Elle qui s'était donné tant de peine pour qu'Elias n'ait jamais besoin de connaître son adresse, pour qu'il ne puisse en aucun cas deviner où elle habitait... Il avait fallu qu'Olly la trahisse aujourd'hui !

— Mon Dieu, Darcie, balbutia-t-il depuis le seuil, je ne vous paie pas assez !

Ce n'était pas exactement un appartement. Plutôt une studette. Enfin, un grand placard. Un guéridon faisait office de bureau, de table de salon et de cuisine devant un clic-clac – très confortable – cachant, en principe, la porte d'un vestiaire. Mais celle-ci était restée ouverte et révélait le capital vestimentaire de Darcie dans son intégralité : les tenues de travail.

— Mais... qu'est-ce que vous portez quand vous voulez vous détendre ? murmura-t-il, sidéré.

Il était tellement évident qu'on ne se détendait pas dans un logement aussi fonctionnel qu'elle ne put retenir un sourire amusé. Il comprit et blêmit. Aussitôt, elle s'en voulut de lui donner mauvaise conscience. Avec le salaire très généreux qu'elle percevait, elle aurait pu vivre à Mayfair ou à Chelsea dans un agréable appartement, voire une maison, mais...

Une expression douloureuse passa sur le visage de son ancien patron. Puis, comme si l'irritation reprenait le dessus, elle le vit se jeter sur le sac de voyage rangé dans un coin de la pièce.

— Qu'est-ce que vous faites ? protesta-t-elle.

— Ce que vous désirez, Darcie ! répliqua-t-il sans hésiter.

Il ouvrit grand la porte, lui fit signe de le suivre et annonça :

— Nous partons nous marier à Las Vegas. Tout de suite.

Il fallait qu'elle lui parle. Mais elle ne savait pas par où commencer. Il y avait près de onze heures qu'ils se trouvaient à bord du jet, or Elias ne lui avait plus une seule fois demandé si elle était sérieuse, ni pourquoi elle tenait tant à se marier, et en urgence.

Dès qu'ils s'étaient assis, il s'était branché en mode automatique, comme quelqu'un qui a pris sa décision et colle l'étiquette « affaire classée » sur le dossier.

Enfin, à un détail près : le sourire moqueur qui ne le quittait pas, et qui lui ressemblait si peu. Quelle que soit d'ordinaire l'expression d'Elias, en voyage ou au bureau, en rendez-vous ou en conférence, il ne laissait filtrer aucune émotion. En ce moment, toutefois, il avait l'air amusé !

Comme toujours, ils voyageaient face à face, confortablement installés dans de profonds fauteuils de cuir. Elias étendait ses longues jambes et lisait. En vol, il lisait toujours. Ni rapports de travail ni journaux financiers, mais… des romans de science-fiction ! Les personnages qui survivaient dans l'atmosphère suffocante ou hostile d'une autre planète l'attiraient. Cherchait-il à se préparer à un scénario catastrophe ? Une invasion martienne ou un conflit intergalactique ? Probablement ! Darcie sourit. Elle n'y croyait pas mais, à la vérité, elle ne voyait guère d'autre explication. Elias ne pouvait éprouver le besoin de s'évader d'un univers aussi parfait que le sien, n'est-ce pas ?

Du moins aussi proche de la perfection qu'il était possible, songea-t-elle. Non seulement il avait réussi à établir au sein de son entreprise un niveau d'excellence inégalé dans les affaires, mais il ne permettait jamais à ses émotions de corrompre son jugement. Incapable de s'énerver, il restait lui-même imperturbable si quelqu'un perdait ses moyens en sa présence. Dans le pire des cas, il tournait les talons et s'enfermait dans son bureau. Un employé commettait une faute ? Il mettait fin à son contrat sans états d'âme. Il refusait tout simplement d'accorder un instant de son temps à la psychologie, de tenir compte des humeurs des uns et des autres… peut-être parce qu'il n'en avait pas ? Ou bien parce que, à force de les contrôler, de les tenir sous cloche, il avait oublié que, contrairement à lui, certaines personnes aimaient exprimer leurs émotions.

Certes, il offrait toujours une contribution généreuse aux fêtes en interne, mais il était rare qu'il y fasse une apparition. Ou bien alors il venait trinquer, faisait mine d'humecter ses lèvres de champagne et s'éclipsait après une présence maximale de trois minutes.

Oui, cet homme-là était ailleurs. La tête dans ses marchés,

ses affaires, ses deals. À préparer la prochaine étape, à anticiper le coup d'après.

Darcie aurait parfois pu jurer que rien d'autre ne comptait dans sa vie. Au début, les femmes se succédaient dans son agenda. Il sortait quelques semaines avec sa nouvelle conquête, puis il s'en trouvait une autre... Mais ce manège avait cessé depuis un bon moment, et Darcie en connaissait la raison : Elias était un drogué du travail. C'en était à se demander si l'argent était sa principale motivation, car il ne prenait jamais le temps de fêter un contrat lucratif. Darcie arrivait très tôt au bureau et pourtant, il était souvent là avant elle. Il partait plus tard, aussi. Le week-end, il préparait ses dossiers et consultait ses experts. Jamais elle n'avait bloqué plus de deux jours de repos dans son agenda, ce qui s'avérait, du reste, exceptionnel.

Ce dévouement au travail tendait au sacerdoce et forçait l'admiration des employés. Désireux de l'impressionner, ils étaient nombreux à tenter de se surpasser. Elias appréciait ce climat d'émulation qui évitait les mauvaises surprises – le renvoi d'un collaborateur ayant commis *la faute irréparable*... Ce qui était le cas de Darcie Milne : elle avait commis une *faute irréparable*.

Alors pourquoi diable Elias volerait-il maintenant à son secours ?

— Nous avons vraiment pris la direction de Las Vegas ? interrogea-t-elle, incrédule.

Son compagnon haussa les épaules.

— Vous savez bien que je me rendais à San Francisco. Ce n'est donc qu'un petit détour.

— Ah ! Ravie d'apprendre que votre proposition ne bouscule pas votre programme, railla-t-elle.

À son étonnement, elle le vit s'esclaffer en silence. Oui, il s'amusait ! Décidément, elle n'y comprenait rien. Quand, pour la dernière fois, avait-elle vu Elias Greyson exprimer son hilarité ?

Une mèche de cheveux noirs, rebelles, tombait sur son grand front lisse. Sur son menton ciselé à l'image d'un dieu grec, la fossette était revenue.

En le dévisageant, Darcie s'aperçut qu'il la fixait, lui aussi, comme s'il attendait qu'elle poursuive. Oui, évidemment... Il avait envie de savoir pourquoi ce mariage était si crucial.

Eh bien, sa curiosité attendrait. Elle n'était pas prête à lui faire de confidences, précisément parce qu'elle devait rester concentrée sur les intérêts de Lily. S'il existait bel et bien une chance pour qu'Elias aille au bout de cette histoire de mariage à Las Vegas, Darcie n'avait pas le choix, elle devait la saisir.

4

Déçu et frustré, Elias rongeait son frein en s'enfonçant dans son fauteuil, face à la jeune femme. Pourquoi, mais pourquoi donc ne lui révélait-elle pas son impérieux motif pour se marier d'urgence ? Son cerveau s'épuisait à écumer les hypothèses. Question de vie ou de mort... Devait-elle échapper à un dangereux criminel, et donc changer de nom ? Ou bien cherchait-elle, comme du temps de leurs arrière-grands-parents, à « régulariser » sa situation parce qu'elle était enceinte ? Intérieurement, il soupira : non, évidemment, puisqu'il n'était pas le père. Mais alors, qui était ce type ?

« Vous montez avec moi ? »

Son sang se figea au souvenir de l'invitation. Cherchait-elle alors un père adoptif pour son enfant à naître ? C'était pour cette raison qu'elle avait voulu le séduire ?

Une nouvelle vague de questions le submergea, et il songea à ses déplacements aériens avec Darcie. Ils avaient très rapidement établi leur routine dans le contexte du voyage d'affaires. Une fois chacun installé à bord du jet, toujours à la même place, dans les mêmes fauteuils en vis-à-vis, ils se coulaient dans leurs rôles respectifs. Darcie sortait de son attaché-case la liste de toutes les vérifications à opérer avant les rendez-vous pendant qu'Elias, décontracté, certain d'être parfaitement préparé, se plongeait dans un roman de SF.

Aujourd'hui, il ne se sentait pas préparé. Non seulement il n'avait pas accordé une pensée au dossier Williams depuis des heures, mais il s'en fichait comme de sa première chemise. Sa curiosité s'était polarisée sur la jeune femme.

Fouillant les archives administratives enregistrées dans son smartphone, il trouva le CV fourni par l'agence d'intérim lorsque Darcie avait passé son entretien avec lui. Hélas, le document ne lui révéla rien. Bon sang, il voulait la comprendre, il en avait besoin ! Or il réalisait qu'il ne savait quasiment rien d'elle !

Les fromages français. Bon, d'accord. Il savait qu'elle en raffolait. Au début de leur collaboration, il y avait eu une journée de travail particulièrement harassante : entre 8 heures et 22 h 30, en binôme sur le traitement de quatre dossiers sensibles entre une conférence internationale, un audit et une séance d'enchères, ils n'avaient pas pris une minute de pause. Un cocktail avait eu lieu dans le hall de la salle des ventes et, à leur sortie, Elias avait vu son assistante dérober un morceau d'authentique brie de Meaux au lait cru.

— Oh mon Dieu... Vous n'avez pas mangé aujourd'hui ? Rien du tout ?

— Vous non plus, avait-elle répondu avec gêne.

Accablé de honte de l'avoir affamée, il avait aussitôt prié son chauffeur de leur apporter un repas. Ensuite, il avait passé le week-end à superviser lui-même l'équipement de la société en réfrigérateurs, fours et espaces de repas. Le traiteur qu'il avait choisi pour venir approvisionner chaque jour le bureau en sandwichs, fruits et snacks frais était réputé pour sa remarquable sélection de... fromages français.

Darcie avait un faible pour les fromages de vache crémeux et pour les chèvres bien secs, ainsi qu'il avait pu le découvrir au cours des semaines suivantes. Les fruits secs et les noix entraient aussi pour une large part dans son régime de prédilection.

Son assistante avait tout d'un écureuil et refusait toujours avec vigueur de participer à ses dîners d'affaires ou de partager avec lui un repas au restaurant. Au bureau ou dans le jet, elle consentait bien sûr à prendre un repas en sa compagnie, mais s'ils se trouvaient à l'étranger ou en déplacement dans le pays, elle restait dans sa chambre d'hôtel. Aux yeux d'Elias, c'était une attitude étrange, mais pourquoi l'aurait-il désapprouvée ?

En tout cas, en vol, il avait gardé du tout premier incident le réflexe de faire déposer entre eux un plateau de petits fours chauds, de fromages et de crudités. Plateau auquel, pour le moment, elle n'avait pas touché.

— Vous n'avez pas faim ? demanda-t-il en désignant le coulommiers et le crottin de Chavignol.

Sans mot dire, elle secoua la tête.

Elias était déçu. Il n'aimait pas son silence. Il s'irritait également de sa propre réaction. Sa règle d'or consistait à ignorer les affects, les émotions et les humeurs d'autrui. À les tenir à distance, derrière un cordon sanitaire, afin de ne pas risquer d'être lui-même blessé.

Il avait traversé des années d'enfer domestique sous le joug de la coercition de son père et des lamentations de sa mère : pas question de permettre à ce cancer de métastaser dans sa vie d'adulte. Pour lui, la guérison avait été acquise de haute lutte, et personne ne le renverrait dans l'univers de malheur dont il s'était exfiltré, à moins que...

À l'hôtel de ville, le désarroi profond de Darcie l'avait atteint. Malgré les provocations et les rebuffades qui le hérissaient, il avait perçu sa détresse. Plusieurs fois, il avait même failli l'attirer contre lui et la prendre dans ses bras !

Cependant, depuis qu'ils avaient embarqué, elle se murait dans le silence. C'était comme le jour de l'entretien d'embauche, réalisa-t-il alors. Après avoir trahi son émotion, elle s'en voulait et... elle boudait ! Il se rappela combien elle était nerveuse, ce jour-là. Son anxiété se lisait sur tous ses traits. Pire : le trac l'empêchait de s'exprimer à voix claire et haute, même lorsqu'elle affirmait avoir *besoin* de ce poste. Ses marmonnements et ses maladresses auraient dû conduire Elias à rejeter sa candidature, or c'était cette peur qui lui avait fait mesurer sa détermination à réussir, s'il voulait bien lui accorder une chance.

Il n'avait pas honte d'avoir exploité ce besoin chez elle. Les gens qui tenaient à leur position étaient souvent sérieux et concentrés, et Elias offrait une rémunération très gratifiante à son personnel. Darcie Milne lui avait offert toute l'étendue de son talent avec son dévouement professionnel. Jamais elle ne prenait un appel personnel pendant son temps de travail. En trois ans, pour les déplacements et les voyages d'affaires à horaires décalés, elle avait fait preuve d'une disponibilité totale. La seule et unique condition qu'elle avait posée, c'était de disposer d'une plage de deux heures le dimanche après-midi, quoi qu'il advienne. La demande était si modeste qu'Elias l'avait honorée, bien sûr, même s'il s'était souvent demandé, quand elle partait s'enfermer dans sa chambre d'hôtel, à quoi correspondait cette mystérieuse liturgie dominicale.

Deux semaines après son arrivée dans la boîte en tant qu'intérimaire, il lui avait offert un CDI et un salaire quatre fois supérieur. Un peu plus tard, en s'apercevant qu'elle suivait des cours du soir en ligne afin d'améliorer ses performances, il avait été sidéré par sa détermination, son courage, son ambition. Naturellement, il lui avait remboursé ses frais de formation.

Avant elle, Elias avait épuisé quatre assistantes personnelles. À cause du rythme intense qu'il imposait, et peut-être aussi parce qu'il ne ressemblait en rien au patron sympathique et souriant qui n'oublie pas l'anniversaire de sa secrétaire... Oh non ! Jamais de familiarités, jamais de lien personnel. Autrefois, l'infidélité de son père avec son assistante avait laissé sur lui une empreinte au fer rouge. Aussi, à l'instant où il avait engagé Darcie Milne, la signature au bas du contrat signifiait pour lui : « On ne touche pas. »

Et « on n'y pense pas » ? Oui, en théorie... Hélas, de façon inexplicable, Darcie Milne s'était invitée dans ses rêves du matin. Des rêves sur lesquels il n'avait aucun contrôle. À son réveil, il en était si affecté, si troublé que même une douche froide ne calmait pas toujours son désir. Les images le poursuivaient parfois jusqu'au bureau, ce qui se révélait très gênant : afin de se prouver que sa secrétaire n'exerçait aucune forme d'influence sur sa vie privée, il s'était mis à fréquenter des femmes physiquement à l'opposé de Darcie. Minces et plates puisqu'elle était voluptueuse, plutôt petites puisqu'elle était grande... Ces derniers mois, ses horaires impitoyables avaient interrompu sa vie de joyeux célibataire et, sans doute à cause de cette trop longue abstinence, ce matin... une douloureuse érection s'était manifestée dès que Darcie avait surgi dans son bureau.

Oui. L'abstinence. Seule explication plausible. Le sexe était un catalyseur, un excellent exutoire. Elias aimait s'abandonner aux plaisirs charnels et à ceux-là seuls – sachant que l'amour n'existait pas. Ainsi, sa vie était plus simple et ses relations avec les femmes, toujours sincères et directes. Il se montrait clair d'emblée : il ne cherchait rien d'autre qu'une aventure, il n'aspirait à rien d'autre qu'au célibat. Ni couple ni mariage – jamais ! Il avait connu des partenaires satisfaites de ce marché et d'autres qui croyaient pouvoir lui faire changer d'avis. Celles-ci étaient déçues : non, jamais il ne réviserait sa décision, elle était prise pour de bon. Des enfants ? Surtout pas. Oh non ! Autour de lui, il n'avait vu les parents ne causer que le malheur de leur progéniture. Au moins, lui, il n'entrerait pas dans ce club infâme.

Relevant les yeux vers Darcie, il pensa encore à ses qualités en tant qu'assistante. Elle possédait l'intelligence affective qui lui faisait défaut. Les gens l'aimaient bien, elle savait faire régner une atmosphère agréable au bureau. Oui, en plus de tout ce qu'elle lui avait apporté à son poste, elle avait fini par se révéler essentielle pour l'entreprise. Sans conteste, Darcie Mile était une clé de voûte de son succès.

Elias savait choisir les meilleurs ! Satisfait, il étendit ses longues jambes sur son fauteuil et se rappela le contact de sa peau. De son poignet délicat et chaud. Sa future femme... Puisque Darcie était une chance pour sa société, elle en serait une pour lui, réalisa-t-il. D'ailleurs, s'il devait dresser la liste des qualités d'une compagne idéale, elle les posséderait presque toutes. Tempérament calme – enfin, en général. Peu exigeante – en général, là aussi. Elle avait le même goût du travail que lui, la même endurance, la même force de concentration. Mieux qu'accepter ses besoins, elle les comprenait. Ensemble, ils formaient une excellente équipe. Cerise sur le gâteau : elle disposait des fameuses « valeurs » qui lui manquaient ! En conclusion, elle serait l'épouse parfaite. Jamais elle ne lui en demanderait trop sur le plan affectif et, sexuellement parlant, l'attirance était électrique, mutuelle, prometteuse.

— Nous allons déjà atterrir ? s'enquit-elle comme l'appareil entamait sa descente.

— Oui, confirma-t-il. Et nous sommes inscrits à la

fameuse chapelle pour y être unis à 17 h 45, heure locale. Nous y allons directement.

À ces mots, elle ouvrit de grands yeux, et Elias en éprouva un plaisir espiègle, délicieux.

Lui était-il déjà arrivé de se lancer dans une aventure de ce genre ? De prendre une décision aussi radicale sur un coup de tête ? Non. Mais le frisson qu'il éprouvait le galvanisait. Cette spontanéité, le sentiment de danger, de folie... Rien n'était plus facile que de dire stop à tout moment – raison pour laquelle il irait jusqu'au bout. En tout cas, le plus loin possible. Et il était curieux de voir jusqu'où Darcie le suivrait.

Sa jolie bouche en cœur, pulpeuse et appétissante, forma une petite moue perplexe.

— Ce n'est pas ce que vous désirez ? reprit-il en plantant un regard de défi dans le sien.

Une étincelle passa dans ses yeux, dont le bleu si clair le fascinait.

— Parce que, vous savez, Darcie, enchaîna-t-il avec une innocence feinte, quel que soit votre souhait, je suis là pour l'exaucer.

L'enseigne au néon, un immense parking prévu pour les douzaines de couples mariés quotidiennement et leurs invités, un hall d'accueil avec tout le nécessaire... La fameuse *little white chapel* de Las Vegas, célèbre dans le monde entier comme « usine à mariages », n'était donc pas seulement une carte postale.

C'était réel.

Oh ! bon sang. Qu'allait-elle dire ? De toute façon, elle n'avait peut-être plus de voix. Darcie déglutit lentement tandis qu'Elias et elle sortaient de l'interminable limousine blanche venue les prendre sur le tarmac. Elle en avait vu dans des films, et elle n'aurait jamais cru se retrouver un jour dans l'une d'elles ! L'habitacle était tellement vaste qu'entre elle et celui qui était encore son patron la veille, l'espace avait paru en constante expansion.

Comme ils pénétraient dans le « vestiaire » qui leur était réservé, elle consulta une nouvelle fois son smartphone, les nerfs en pelote. Aucune nouvelle de Shaun. La gorge serrée, elle jeta un bref coup d'œil aux lieux. Le « vestiaire » était une suite comprenant salon avec coin lounge d'un côté, coiffeuse de maquilleur et dressing de l'autre.

Après avoir rangé l'appareil, elle lâcha un long soupir et se décida enfin à contempler Elias. En fait, elle avait lutté pour ne pas lorgner dans sa direction durant tout le vol – non, correction : elle s'astreignait à cet exercice depuis trois ans.

Grand, athlétique, irrésistible avec son regard bleu et ses épaules larges contre lesquelles on avait envie de s'appuyer...

— C'est incroyable ! déclara-t-il d'un ton hilare en lui désignant un panneau. Nous pouvons *tout* choisir à la carte ! Ils ont absolument tout prévu, même le texte des consentements personnels à échanger. Vous voyez ? Plus ou moins gentillets, plus ou moins érotiques...

Darcie se moquait éperdument des services proposés par la chapelle.

— Elias, je...

— Et regardez ! coupa-t-il en pointant l'index sur une porte qu'il alla ouvrir. Tadam !

Darcie approcha pour admirer une immense salle de bains munie d'une douche à l'italienne, double vasque et équipement professionnel de coiffure : vasque, siège et outils.

— Vous qui me disiez justement dans la limousine que vous auriez aimé vous rafraîchir ! C'est formidable, n'est-ce pas ?

— Mais Elias, je...

— Attendez ! Avant, j'ai besoin d'un conseil : j'ai prévu un costume mais nous disposons ici d'une garde-robe complète. Si vous préférez que je porte un jean et une veste de cow-boy pour vous...

— Elias ! plaida-t-elle. Arrêtez. Je ne peux pas vous laisser faire ça.

— Me laisser faire ça ? répéta-t-il d'un ton incrédule en arrimant le regard au sien.

Un regard perdu. Cette façon de faire le moulin à paroles, cette impulsivité, une décision d'une telle importance prise en une seconde... Rien de tout cela ne ressemblait à Elias Greyson.

— Oui, reprit-elle. M'épouser. Aujourd'hui. Pour m'aider.

— Je pensais que c'était ce que vous vouliez, opposa-t-il.

— En effet, je ne le nie pas. Mais les raisons sont complexes, et ce n'est pas votre problème.

— Bien sûr que si, c'est mon problème, puisque c'est ma faute. Vous avez oublié ? Je suis l'ogre du conte, le méchant qui a tout gâché.

— C'est exact, s'énerva-t-elle en se reprochant aussitôt de perdre encore son calme.

Elle fit quelques pas dans la pièce et prit une longue inspiration. La frustration et l'angoisse étaient si envahissantes qu'elle avait du mal à y voir clair.

Mais comment fuir la seule et unique solution ? Celle qu'elle avait sous le nez depuis le départ ? Il fallait dire la vérité. Il n'existait aucune autre façon de procéder dans un cas pareil. La pendule au mur indiquait 17 h 10 : il aurait été temps de tout annuler, si...

— Écoutez, Elias, croyez bien que j'apprécie vos efforts. Vraiment. J'aurais dû tout vous raconter pendant nos longues heures de vol.

— Alors pourquoi ne l'avez-vous pas fait ?

— Parce que j'étais tellement furieuse...

Elle ferma les yeux. Impossible de poursuivre.

— Parce que vous vouliez me tester, Darcie ? suggéra-t-il. Voir jusqu'où j'irais ? C'est dangereux de se lancer dans un tel jeu avec moi, n'est-ce pas ?

— Non, Elias. Ce n'est pas dangereux. Vous ne m'inspirez aucune crainte.

— Vraiment ? susurra-t-il d'une voix de velours qui fit grimper sa température de plusieurs degrés.

Dangereux pour son cœur, il l'était, oui. Indiscutablement !

Et tandis qu'il s'avançait vers elle, jusqu'à se tenir plus près que jamais, elle sentit son cœur battre à coups lourds. Elle *devait* reculer. Il le fallait. Il était si proche qu'elle percevait la chaleur de son corps. Les arômes envoûtants de musc et de jasmin de son parfum lui chatouillaient les narines.

Mais Darcie resta immobile.

— Je suis désolée, murmura-t-elle.

Il plongea le regard dans le sien et demanda :

— Et si vous me disiez tout ? Quel est le problème ? Nous pouvons peut-être trouver une solution ensemble. Après tout, nous formons une fameuse équipe, vous et moi.

5

Une « équipe » ? Darcie se mit à trembler. Quelle imbécile ! Dire qu'elle avait pensé que... Le cœur battant toujours tel un tam-tam, elle recula pour aller s'asseoir sur le canapé.

Elias la suivit et s'installa près d'elle. Si près que leurs jambes risquaient de se frôler. Étrangement, cette proximité lui donnait des forces, constata-t-elle.

— Je ne vous ai rien dit auparavant parce que ce n'est pas facile. Je ne suis pas seule en jeu. Il y a quelqu'un d'autre.

Elias réagit comme un lion.

— Vous voulez dire un autre homme ? Pas celui que j'ai vu ce matin ? questionna-t-il.

Elle secoua la tête.

— Non. Un être innocent qui a déjà subi une perte terrible. Et il n'est pas question que ça continue.

Haussant les sourcils, il la dévisagea avec attention.

— Vous pouvez préciser ?

Ce n'était pas facile : le simple fait d'évoquer le sort de la fillette fragilisait Darcie. Néanmoins, il fallait bien qu'elle se lance, et elle avoua :

— Elle s'appelle Lily. Elle a quatre ans et je dois devenir sa famille d'accueil.

Les yeux d'Elias s'arrondirent.

— Quoi ? *Un enfant* ?

49

Lentement, elle acquiesça.

— Oui, la fille de ma meilleure amie. Zara est morte il y a quelques années. Depuis, Lily a été happée par le système administratif de l'accueil.

Fidèle à lui-même, il ne trahit aucune émotion.

— Et son père ?

— Il s'est montré très clair avant sa naissance, répondit-elle en secouant tristement la tête. Il avait même envoyé à Zara un acte de non-reconnaissance de paternité. Lily n'avait que sa mère. Depuis sa prise en charge par les services à l'enfance, elle a *déjà* subi un transfert ! Je ne peux pas l'abandonner à une existence constamment soumise à la violence d'un changement de...

Elle ne put aller plus loin. Les mots renvoyaient à une réalité encore à vif dans sa propre chair. Fuyant le courant électrique qui la traversait, elle se releva.

Face à elle, Elias paraissait désarçonné.

— Vous pensez qu'il n'existe pas de bons parents d'accueil ?

Avec fougue, elle répliqua :

— Disons que la garantie n'existe pas, non, et pour être franche je pense être la meilleure dans ce rôle auprès de Lily.

La panique s'infiltrait en elle, et elle ne put retenir davantage son émotion.

— Je la connais ! plaida-t-elle. Je sais ce dont elle a besoin ! Je l'aime ! Il se trouve que je suis passée par tous les rouages de ce satané système : alors oui, je suis mieux placée que quiconque pour qu'on me la confie !

C'était sorti tout seul, malgré elle, comme un cri du cœur, et elle réalisa qu'elle avait les joues en feu.

— Vous avez noué une vraie relation avec elle, observa-t-il.

Car il s'agissait plutôt d'un commentaire que d'une question. Sa voix était douce. Amicale.

— Oui. Depuis sa naissance. Désormais, je ne la vois

50

plus que le dimanche, sauf lorsque je suis en déplacement et que je lui parle en visio. Je refuse d'être rayée de sa vie. Je me battrai jusqu'au bout pour elle.

Elle s'interdisait de penser aux années où elle avait partagé un appartement avec Zara et Lily. C'était trop dur. Mais elle sortit son portefeuille de son sac et lui montra une photo de Zara portant sa fillette dans ses bras.

Puis elle scruta sa réaction. Elias contempla attentivement les deux visages, comme s'il avait besoin d'enregistrer chaque détail. Elle retrouvait bien là son sérieux, son application. Et c'était rassurant.

En lui rendant le cliché, il parut pensif.

— Jusqu'à présent, vous n'avez pas réussi à obtenir sa garde ? C'est bien cela ?

— Une célibataire qui travaille à temps plein n'est pas la candidate idéale à leurs yeux pour prendre en charge une enfant de moins de dix ans. À la mort de Zara, j'en avais dix-neuf et ils ne m'ont pas autorisée à la garder.

Ce n'était pas *toute* la vérité… mais cela suffirait pour le moment, songea-t-elle.

— Et vous n'avez toujours pas l'âge requis ? s'étonna-t-il.

Elle haussa les épaules.

— En tout cas, la responsable du dossier de Lily m'a fait comprendre que le mariage me donnerait infiniment plus de chances : j'aurai l'air « plus mûre », « installée » et capable d'offrir « une vie équilibrée » à Lily, récita-t-elle. Et apparemment, j'aurai moins le profil d'une écervelée qui risque de faire passer les dancings avant tout le reste…

Non sans amertume, elle se rappela les termes humiliants employés par les services sociaux dans leur rapport, le jour de la mort de Zara. En découvrant où et comment les deux amies avaient vécu, la fonctionnaire qui avait enregistré sa demande de garde était immédiatement partie du principe que Darcie était indigne de solliciter une tutelle, même provisoire. Le son étouffé du coup de tampon rouge, aussi définitif qu'infamant, résonnait en elle... « Inapte ».

— Les dancings ? répéta Elias, incrédule. *Vous* ?

Il lâcha un soupir à peine perceptible avant de reprendre, perplexe :

— Vous êtes adepte des boîtes de nuit ?

— Plus depuis un certain temps, dit-elle en se sentant rougir.

— Bon. Selon cette assistante sociale, quelles autres garanties devez-vous présenter ?

— Être financièrement stable.

Elias hocha lentement la tête avant d'esquisser un demi-sourire.

— Je vois. C'est la raison pour laquelle vous habitez dans un placard.

— Oui.

— C'était pertinent de faire des économies, convint-il, mais vous n'allez pas élever un enfant dans cet espace. Où comptiez-vous vivre, vous et Machin-Chose ? Son appartement est plus convenable que le vôtre ?

— Son appartement est très convenable, confirma-t-elle d'un ton agacé.

— Vraiment ? insista-t-il, visiblement peu convaincu.

— Tout le monde n'a pas besoin de vivre dans un penthouse avec vue sur la City, à moins de quinze mètres d'un restaurant classé au Michelin ! rappela-t-elle.

Imperturbable, il répondit :

— Une enfant de quatre ans n'a pas besoin de restaurant gastronomique accessible à pied, mais un peu de calme et de nature me paraît être une priorité, non ?

Levant le menton, elle croisa les bras sur sa poitrine avant d'assener :

— L'appartement de Shaun est situé près d'un parc.

Non sans satisfaction, elle vit la mâchoire d'Elias se crisper.

— Bon, résumons, reprit-il d'un ton neutre. Vous avez besoin de sécurité financière, d'un logement décent et d'une apparence de stabilité dans votre vie affective, c'est bien cela ? Si ces conditions sont réunies, vous avez bon espoir que votre candidature soit validée ?

— C'est la base, oui.

Il y aurait des évaluations et des vérifications, suivies d'un parcours du combattant jusqu'à l'obtention de la garde définitive, mais au moins, Lily serait chez elle.

— Et je suppose qu'il vous aurait fallu présenter une façade crédible de grand bonheur conjugal ? Montrer chacun patte blanche en tant que futur parent ?

— Pas exactement : la tutelle me serait accordée en propre.

— Oui, bien sûr, acquiesça-t-il. Et pendant combien de temps ?

Darcie haussa les sourcils.

— Pardon ?

— Pendant combien de temps pensiez-vous rester mariée à Machin-Truc ?

— Ma foi, le temps que ma candidature soit pérennisée. Jusqu'à l'acte définitif, peut-être.

— Mais cela représente des années !

— Nous n'avions pas fixé de date de fin, expliqua-t-elle. Tout aurait dépendu de la façon dont se déroulait la procédure. Il y a toujours des imprévus...

— Comme la présence du marié jusqu'à la tenue de la cérémonie, par exemple, railla-t-il.

Darcie lui décocha un regard de reproche.

— Shaun n'a pas eu une vie facile. Je suis consciente que je lui demandais beaucoup. Il aurait tenu parole, si vous n'aviez pas surgi tel un diable hors de sa boîte ! Vous vous êtes comporté comme si je vous appartenais, et vous n'aviez aucun droit de...

Elle s'interrompit.

Elias s'était levé et, une nouvelle fois, s'approchait d'elle. Dangereusement près.

— Aucun droit de quoi ? demanda-t-il en arrimant son regard au sien.

— De me suivre. De m'interroger. D'interférer dans ma vie personnelle d'une quelconque façon !

Loin de paraître honteux, il avança encore.

— Il ne vous aime pas.

Et alors ? Personne ne l'avait jamais aimée, à l'exception de Zara, et Darcie aimait Lily comme s'il s'agissait de sa propre fille. C'était elle, sa famille. Darcie était la seule famille qu'il restait à Lily.

— Je vous l'ai déjà dit, il ne s'agissait pas d'un mariage d'amour, reprit-elle. Et d'ailleurs, depuis quand êtes-vous devenu si romantique ou si conservateur ? Qu'est-ce que ça peut vous faire ? Vous êtes marié à votre table de travail, et vous êtes tellement cynique, tellement obnubilé par la volonté de tout contrôler que...

— Inutile de retourner votre colère contre moi, intervint-il avec calme. Cela ne vous soulagerait pas : il ne s'agit pas de moi, mais de votre besoin de prendre soin vous-même de Lily. N'est-ce pas ?

Darcie se mordit la lèvre.

— Oui, admit-elle.

— Alors pourquoi ne m'avez-vous pas déjà épousé ? Nous pourrions être mariés depuis cinq bonnes minutes.

Elle observa un bref silence avant d'avouer :

— Parce que je vous devais la vérité.

— Bien. Je la connais, maintenant, n'est-ce pas ?

— Oui, mais...

— Pourquoi hésiter encore ? demanda-t-il en fronçant les sourcils. Oh ! je vois... C'est parce que les services sociaux ont déjà rencontré Shaun ? Si vous leur présentez un nouveau jules, ils vont se méfier ?

Elle secoua la tête.

— Non, je n'avais rien dit. Tant que ce n'était pas fait, je préférais me montrer prudente.

Il plongea un regard de défi dans le sien.

— Vous n'étiez donc pas sûre de lui... Et de moi ?

Darcie déglutit. Elle ne savait que répondre.

— Vous travaillez pour moi depuis plusieurs années, argua-t-il. Vous ne me connaissez pas assez pour affirmer que je suis quelqu'un de fiable ? Est-ce que je ne vous ai pas conduite jusque dans cette chapelle, Darcie ? Je suis venu faire le touriste ? Cette fois, franchement, je me sens offensé.

Pris de panique, elle marmonna :

— Non, ne le soyez pas... S'il vous plaît. Ce n'est pas contre vous. Je n'accorde jamais facilement ma confiance, c'est vrai, mais ce n'est pas cela qui est en jeu. Si nous concrétisons ce mariage, nous devrons réellement vivre sous le même toit. Vous devrez tisser une relation avec Lily.

À ces mots, il blêmit.

— Je travaille sans cesse, je ne suis jamais là... Je ne pourrai pas être présent dans sa vie.

— Si vous la rejetez, elle le sentira. Les enfants perçoivent tout.

Reprenant visiblement contenance, il esquissa une moue dubitative.

— Voyons, Darcie... Je ne souhaite que son bonheur. Elle comprendra forcément que je veille à sa sécurité, à son équilibre. Vous n'aviez pas ce genre d'inquiétudes vis-à-vis de votre précédent fiancé ?

— Shaun était fou amoureux de Zara, expliqua-t-elle. Je ne doutais pas qu'il aimerait Lily. Mais vous, apparemment, vous avez un problème avec le mariage sans amour, et vous ne croyez donc pas qu'une telle union puisse réussir. Alors pourquoi voulez-vous vous lancer là-dedans ? Où diable serait votre intérêt ?

Durant une fraction de seconde, elle le vit hésiter. Le bleu si profond de ses yeux prit un ton plus foncé. Puis il lâcha d'un trait :

— Parce qu'il existe de nombreux avantages à être un homme marié. Tout particulièrement à une femme comme vous.

Darcie se raidit.

— Comme moi ?

Que voulait-il dire ?

— Nous avons beaucoup de choses en commun, reprit-il. À commencer par le tempérament : le travail ne nous fait pas peur, nous l'abordons dans le calme et nous ne sommes pas vraiment des émotifs, vous et moi... enfin, en temps normal.

Il sourit avant d'enchaîner :

— Nous savons flairer une bonne affaire et nous comprenons les sacrifices requis pour parvenir à nos fins. Parce que nous savons que tout a un prix, que les bénéfices impliquent des coûts.

Elle réprima un frisson. Cette métaphore comptable était particulièrement glaçante dans le contexte où ils se trouvaient !

— Vous avez beaucoup de contrôle et c'est admirable, Darcie, poursuivit-il. À votre place, beaucoup de gens n'auraient pas tenu. Ils auraient cherché un autre poste. Pas vous. Vous vous êtes accrochée et vous avez même passé votre diplôme. Cela montre l'étendue de votre détermination.

Une lueur se mit à briller dans ses yeux comme il concluait :

— Vous êtes celle qu'il me faut, Darcie. Et c'est vrai, moi aussi, en ce moment, j'ai tout intérêt à avoir l'air d'un homme équilibré par la vie conjugale. Vous pensez qu'un mariage sans amour peut fonctionner ? Moi aussi.

Dubitative, elle le fixait avec insistance. Il lui cachait quelque chose.

— Admettons, dit-elle. Mais vous ne me révélez pas pour quelle raison vous consentiriez à une transformation aussi radicale dans votre vie. J'aimerais savoir ce qui peut motiver un tel sacrifice de votre part, Elias.

6

Le fait que cette incroyable histoire de mariage à conclure de toute urgence soit lié à une enfant avait rassuré Elias. L'hypothèse, même mince, que Darcie ait été amoureuse de Shaun le rendait jaloux. Oui, c'était absurde, et pourtant, depuis le milieu de la matinée, il s'était senti rongé par le poison de la jalousie.

— J'avoue que ce mariage m'arrangerait beaucoup, expliqua-t-il.

Elle le dévisagea, l'air perplexe.

— Cela vous « arrangerait » ?

Plus il y réfléchissait, plus il était convaincu que son idée était la bonne. Tout le monde y gagnait ! Et puis Darcie et lui ne resteraient pas ensemble indéfiniment : lorsqu'elle obtiendrait la garde définitive de la petite, chacun reprendrait sa vie.

Il n'était pas indifférent au sort d'une petite fille apparemment condamnée à passer d'un foyer à un autre alors qu'une femme qui faisait partie de sa vie depuis toujours l'aimait et souhaitait lui offrir une enfance bien plus enviable. Oui, la pensée de cette petite orpheline lui serrait le cœur et le désespoir qu'il avait lu dans les grands yeux de Darcie l'avait bouleversé. Tant et si bien qu'un instinct de protection surpuissant était né en lui : il *devait* assurer le bonheur de Darcie et Lily, il fallait qu'il mette tout en œuvre pour les réunir.

Ce sentiment était soudain, irrationnel – et déjà enraciné en lui. Plutôt que de le combattre, il avait envie de l'apaiser.

— L'amour ne figure pas dans mes compétences, Darcie. Vous le savez. Vous n'êtes pas amoureuse de moi, n'est-ce pas ?

— Non, confirma-t-elle promptement.

— Dans ce cas, il ne s'agit que d'un marché. Un contrat semblable aux douzaines de contrats sur lesquels nous avons travaillé ensemble. Je vous propose un an. Une année de mariage devrait suffire pour que vous obteniez la garde définitive de Lily. Ensuite, nous aviserons.

Bouche bée, la jeune femme le fixait comme si elle n'en croyait pas ses oreilles.

— Mais pourquoi voudriez-vous être marié pendant une année ?

— Pourquoi pas, si mon épouse comprend parfaitement les pressions de mon travail et le rythme que je dois suivre ? Elle me donnera l'humanité dont je manque si cruellement, à en croire un nombre croissant de mes collaborateurs. De plus, à trente ans, un entrepreneur comme moi a tout intérêt à avoir à son bras une femme ravissante s'il veut être invité dans les réceptions formelles.

Elle secoua la tête.

— Je ne suis pas le genre de femme que vous cherchez, Elias.

— Ah non ? Qu'est-ce qui vous manque, d'après vous ?

Non sans lui avoir retourné un regard incrédule, elle s'exclama :

— Voyons, Elias ! Cela crève les yeux ! Je ne sors pas d'une grande école ! Je n'ai pas le réseau qui vient avec les bonnes familles et les études prestigieuses. Je n'ai pas non plus la taille mannequin, ni les vêtements adaptés... Non, vraiment, je vous embarrasserais.

— Mais je ne veux pas d'une femme-trophée ! répliqua-t-il, vexé par ses sous-entendus.

Naturellement, c'était à cause des femmes qu'il avait fréquentées lors de son arrivée chez Greyson Corp qu'elle le prenait pour un Casanova superficiel et misogyne. Si elle savait qu'il les avait choisies précisément parce qu'elles ne lui ressemblaient pas...

— Vous me prenez pour un vrai snob ! accusa-t-il. Je veux quelqu'un qui comprenne ce que je fais, quelqu'un auprès de qui je pourrai vivre sans avoir le sentiment qu'un tsunami me tombe dessus parce que nous avons déjà des habitudes ensemble... Alors oui, j'ai conscience qu'une enfant entre également dans le tableau, mais cela ne me fait pas peur. Je sais que je pourrai compter sur vous pour faciliter les choses.

Comme elle restait muette, il conclut :

— Ce que je retire de ce contrat, c'est la fin du malentendu. Je ne veux plus être considéré comme un homme d'affaires fiable à la ville mais qui mène, en privé, une vie d'étudiant. Parce que c'est faux et injuste. En vous épousant, je ne serai plus jugé sur mon style de vie supposé, mais seulement sur mes résultats.

— Je vous connais, Elias, objecta-t-elle. Vous vous êtes toujours moqué de ce qu'on peut raconter à votre sujet. Les rumeurs glissent sur vous.

— Tant qu'elles n'affectent pas mon travail, oui, convint-il. Mais pas si elles menacent mon partenariat avec Vince Williams !

Au moins, c'était plus clair. Darcie comprenait enfin ce qui le poussait à conclure cette « transaction ». Car pour

Elias, leur mariage ne serait rien d'autre que cela : un deal parmi tant d'autres.

— Je vois, soupira-t-elle.

— Après la fin de notre trop brève union, reprit-il, je serai dévasté. Je jurerai qu'on ne m'y reprendra plus, que je ne me remarierai jamais. Les gens me ficheront enfin la paix, et je pourrai retourner au célibat sans craindre les critiques.

Darcie se retint de rire.

— C'est ridicule.

— Et pourtant très convaincant ! insista-t-il en souriant. De toute façon, vous aurez Lily et vous serez libre : c'est l'essentiel non ?

— Oui, convint-elle en se demandant si elle ne s'apprêtait pas à commettre le geste le plus fou de toute sa vie.

Elle n'était pas « amoureuse » de lui : elle ne lui avait pas menti. C'était juste un béguin. Un béguin qui durait certes depuis près de trois ans, mais cela ne voulait rien dire. Un problème risquait néanmoins de se poser si...

— Qu'est-ce que vous espérez de moi en tant qu'épouse ? demanda-t-elle d'une voix légèrement éraillée. Je veux dire, euh... dans l'intimité ?

Cette fois, il lui décocha un regard direct. Direct et lourd de sens.

— L'intimité avec moi ne semblait guère vous effaroucher il y a quinze jours, Darcie.

Inévitable. Il était inévitable qu'ils reviennent sur l'incident d'Édimbourg, pensa-t-elle, résignée.

— Pourquoi avez-vous fait cela ? D'où venait cette soudaine proposition, tard dans la soirée ?

Darcie déglutit lentement. Elle avait disposé de deux longues semaines pour réfléchir à ce qu'elle répondrait au moment où il se déciderait à poser la question et malgré tout, elle avait besoin d'un joker.

— Vous étiez sur le point d'en épouser un autre, ajouta-t-il. Parce que je suppose que tout était déjà programmé avec Shaun, à ce stade ?

— Oui.

— Donc, vous l'auriez trompé ? insista-t-il.

Elle secoua la tête.

— Non. Notre mariage aurait également été un échange de bons procédés. Il n'était pas question pour nous de partager...

Elle s'humecta les lèvres avant de poursuivre :

— Shaun et moi n'avions pas l'intention de coucher ensemble.

Il la considéra avec étonnement.

— Non ?

— Non.

— Mais alors quoi... Vous êtes amis ?

— Cela vous paraît si difficile à croire ? s'esclaffa-t-elle. Oui. Nous avons vécu dans le même foyer durant un certain temps. Zara aussi. Je vous ai dit qu'il était amoureux d'elle. Je les ai connus tous les deux quand j'avais quinze ans. Shaun acceptait de me rendre cet immense service en mémoire de Zara.

Il fronçait les sourcils.

— Vraiment ? Pas parce qu'il vous désirait ?

— Elias, je ne vous suis pas... Vous-même, vous avez vu à quelle vitesse il a battu en retraite !

— C'est exact, admit-il, mais si vous n'étiez pas sur le point de ne coucher qu'avec Shaun et de vous plier par devoir à la fidélité conjugale, pourquoi vouliez-vous coucher avec moi à Édimbourg ?

63

Lâchant un profond soupir, elle détourna les yeux avant de répliquer :

— Parce que je savais que j'allais vous donner ma démission le lendemain. Que vous ne seriez plus mon patron. Parce que j'étais un peu ivre et que...

Mortifiée, elle s'interrompit. Impossible de lui révéler la vérité. Oh bon sang, pourquoi n'avait-il pas purement et simplement oublié ces cinq minutes ?

— Cela n'a plus d'importance, ajouta-t-elle. Vous ne vouliez pas de moi et il ne s'est rien passé, sinon que je me suis comportée comme la reine des idiotes.

À ces mots, il ouvrit de grands yeux.

— Moi, je ne voulais pas de vous ?

— Eh bien non ! s'énerva-t-elle. De toute évidence, non !

— Vous *savez* que je ne *pouvais pas* dire oui ! protesta-t-il avec véhémence.

Il la dévisageait avec un scepticisme déconcertant. Parfois, Darcie avait songé que cet homme-là serait prêt à coucher avec n'importe quelle femme au monde – sauf elle.

— Vous étiez ivre, rappela-t-il. Vous qui ne buvez jamais une goutte d'alcool, vous aviez descendu plus de la moitié d'une bouteille de champagne ! Au demeurant, vous étiez à mon service et, en tant que votre supérieur, je me serais rendu coupable aux yeux de la loi si j'avais...

— Mais je partais ! coupa-t-elle.

— Je ne le savais pas, Darcie. Vous avez démissionné *le lendemain*.

Tristement, elle secoua la tête avant de murmurer :

— Vous mentez, Elias. En fait, vous n'avez pas voulu coucher avec moi par crainte de perdre votre assistante. Ni plus ni moins.

Un bref silence tomba entre eux.

— C'est exact, concéda-t-il. Je n'aurais jamais couru le risque de perdre ma meilleure assistante de direction.

— Et pourtant, vous m'avez perdue...

Un sourire triste s'esquissa sur ses lèvres.

— Jusqu'à ce matin, je n'y croyais pas. J'étais certain que vous alliez changer d'avis.

Leurs regards se rencontrèrent, et Darcie frémit.

— Dans quelle autre situation chercheriez-vous à profiter de moi ? demanda-t-elle.

— Darcie, je n'ai pas cherché à profiter de vous, déclara-t-il d'un ton solennel. Jamais. Pour ce mariage, nous sommes sur un pied d'égalité. Personne ne peut tirer avantage de la position de l'autre.

Quelle naïveté ! Elle réprima le sourire qui lui montait aux lèvres.

— Nous ne serons jamais sur un pied d'égalité, Elias. Vous êtes un entrepreneur millionnaire, et nous venons de milieux trop différents.

Si elle pensait le voir se décomposer, elle en fut pour ses frais. Il ne parut guère désarçonné par l'attaque.

— Je ne suis pas d'accord. Nous pouvons être égaux en matière de loyauté et d'intégrité. Nous sommes très semblables par notre curiosité, notre sens de la méthode, et nous avons su collaborer en parfaite harmonie pendant près de trois ans. Sachez que si nous nous engageons dans ce mariage, je ne dévierai pas du chemin et j'attendrai la même rectitude de votre part.

— Vous... Vous accepteriez une union chaste ? souffla-t-elle, sidérée.

Il grimaça.

— Ce n'est que pour un an. Bien sûr, oui : je m'y plierai. Mais...

Il avança d'un pas vers elle, plongeant un regard de braise dans le sien.

— Vous devrez dîner avec moi de temps à autre, et laisser croire à mes clients que nous sommes un *vrai* couple.

Méfiante, elle recula.

— Je ne vois toujours pas ce que vous y gagnez. Il vous suffirait de louer les services d'une professionnelle pour obtenir le même résultat... à moindres frais !

— J'y gagne la même chose que n'importe qui qui rend un service important à quelqu'un qui en a besoin : la satisfaction d'avoir bien agi.

Interloquée, elle le fixa attentivement.

— Pour Lily ?

— Pour Lily, acquiesça-t-il.

Dès qu'il détourna le regard, elle comprit. Il lui confirma son impatience en jetant un coup d'œil sur la pendule et en notant d'un ton froid :

— Il ne nous reste plus beaucoup de temps, Darcie. Je dois gagner San Francisco cette nuit.

Darcie n'avait jamais pu s'appuyer sur des promesses d'amour. Ses parents l'avaient abandonnée. Son enfance entière avait été un désastre affectif. Même l'amitié s'avérait décevante : alors qu'elle connaissait Shaun depuis si longtemps, il l'avait trahie, lui aussi.

Zara n'était plus là et, un jour, Elias lui tournerait le dos. Mais il ne lui promettait pas la lune. Il lui proposait un marché. Un contrat clair, balisé, sans mauvaise surprise.

L'homme d'affaires n'avait quasiment plus de secrets pour elle, mais l'homme tout court ? Que savait-elle de lui ? En trois ans, il n'avait jamais évoqué sa famille. Elle ignorait s'il avait des frères, des sœurs, si ses parents étaient en vie... De ce côté, il avait tiré un rideau opaque.

Elle le considéra encore avec anxiété. Son cœur battait

fort, mais il fallait qu'elle se décide très vite : il venait de lui faire sa dernière offre. Elle le connaissait assez pour savoir que dans une minute, il aurait perdu patience.

C'était maintenant ou jamais.

— Eh bien ? pressa-t-il, ayant retrouvé ses vieilles habitudes.

— C'est d'accord. Allons nous marier tout de suite.

7

Le triomphe à l'état pur qui illumina le visage d'Elias la prit de court, mais il tourna aussitôt les talons pour appeler le réceptionniste, la laissant en proie à un vertige indescriptible.

Jamais elle ne l'avait vu sourire ainsi. De façon aussi éclatante, aussi... naturelle ? En tout cas, cela lui faisait battre le cœur plus fort.

— Or ou platine pour ton alliance ? s'enquit-il en se retournant vers elle. Fine, épaisse ?

Une sorte de lave se répandait en elle, quelque chose de chaud et d'enveloppant qui la rendait toute légère. La voix d'Elias. Le tutoiement si intime. La boîte de velours qu'il lui présentait, contenant un remarquable assortiment d'alliances.

— Elles viennent de votre... de ta collection ? s'enquit-elle d'une voix chevrotante.

Il conservait en effet dans le coffre-fort de son bureau une petite réserve de joaillerie. La première fois qu'elle l'avait entendu annuler un dîner galant à la dernière minute, elle s'était attendue à ce qu'il la prie de faire envoyer des fleurs. Devant le regard insistant qu'elle lui adressait, il l'avait froidement informée qu'il réglait ses affaires privées tout seul. Il avait même ajouté qu'elle n'était pas sa nounou, lui

69

révélant le contenu de son coffre : bracelets et broches en guise d'« excuses » et parures pour « dédommagement définitif ». Boucles d'oreilles et pendentifs étaient également prévus pour les anniversaires, et les occasions diverses. C'était l'arsenal parfait d'un don juan cynique et pressé ! Un grand bijoutier le réapprovisionnait régulièrement, et il ne voyait rien d'immoral dans sa démarche.

Darcie s'était simplement réjouie de ne pas être mêlée à ses histoires.

— Non. Le chauffeur les a retirées à ma demande chez un bijoutier de Las Vegas avant de passer nous prendre sur le tarmac. Choisis-en une et si elle ne te va pas, nous la ferons ajuster dès notre retour à Londres.

Darcie désigna le premier anneau, très simple, en or massif.

Elias en sélectionna un similaire pour lui.

— Bien. Les consentements à réciter : tu veux qu'on les fasse personnaliser ? Tu préfères le modèle standard ?

— Le modèle standard, répondit-elle sans réfléchir.

— Parfait.

Il baissa les yeux sur son costume et lissa sa veste d'un geste précis.

— Nous allons garder nos vêtements : plus le temps de nous changer, décréta-t-il.

Vérifiant l'heure à la pendule, il précisa :

— C'est notre tour dans deux minutes.

Un sourire satisfait aux lèvres, il se retourna alors vers elle.

— Qu'est-ce que tu en dis ? Mon sens de l'organisation vaut-il presque celui de Darcie Milne ?

— Presque, agréa-t-elle tout bas.

Elle avait la tête qui tournait et le tourbillon l'emporta. Célébrées à la chaîne, les unions de la *little white chapel* se succédaient en format accéléré... Trois minutes plus tard, ils étaient unis ! « Dans la richesse et dans la pauvreté, dans la santé comme dans la maladie, pour le meilleur et pour le pire... T'aimer, te chérir, te protéger... toujours » : inscrit sur une tablette face à elle, les mots étaient difficiles à croire et lui parurent surréalistes, dans la bouche d'Elias et dans la sienne.

Incapable de le quitter des yeux, elle était impressionnée par sa décontraction. Il ne trébuchait jamais sur un mot, il restait souriant... On avait l'impression qu'il s'amusait.

— Vous pouvez embrasser la mariée, conclut le préposé.

Malgré elle, Darcie ne put retenir son cœur de s'emballer. L'homme qui s'invitait dans ses rêves depuis près de trois ans allait lui donner un baiser. *Un vrai baiser.*

Comme dans un film, elle retint son souffle et le regarda se pencher. Le martèlement dans sa poitrine se fit plus lourd. Elle sentit ses yeux se fermer... Enfin, les lèvres d'Elias se posèrent délicatement sur les siennes. Si légèrement que le contact était à peine perceptible. C'était comme le battement des ailes d'un papillon et, brûlante de désir, elle attendit qu'il entrouvre la bouche afin d'approfondir ce...

— Bien ! Allons-y, conclut-il en lui désignant la sortie.

Abasourdie, Darcie puisa en elle la force de hocher la tête. Quelle douche froide !

Oui. Bien sûr. Elle aurait dû se douter qu'il se débarrasserait de cette désagréable formalité. Quelle idiote ! S'il n'avait pas voulu d'elle deux semaines auparavant, pourquoi est-ce que cela changerait maintenant ? N'avait-il pas en outre déclaré qu'une année de chasteté ne lui faisait pas peur ?

Oh ! bon sang, sa déception était si vive qu'elle en chancelait, mais il *fallait* qu'elle se ressaisisse ! Ce mariage, c'était *pour Lily*, et non pour satisfaire un stupide fantasme !

— On retourne à l'aéroport ? demanda-t-elle comme il l'entraînait vers la limousine.

— Oui, confirma-t-il en l'invitant à s'installer.

— Ah, tant mieux, dit-elle sèchement. J'ai besoin de rentrer à Londres dès que possible.

Il n'y aurait évidemment pas plus de voyage de noces que de lune de miel. Ces cinq minutes, montre en main, de cérémonie représentaient tout le romantisme de son union avec Elias, et elle avait intérêt à s'en satisfaire. Serrant les dents, elle s'installa sur une banquette où, pour sa consternation, Elias la rejoignit. Il y avait de l'espace pour au moins vingt personnes dans l'habitacle de la limousine ! Pourquoi venait-il se coller contre elle après lui avoir clairement signifié qu'elle le dégoûtait ?

— Nous ne rentrons pas à Londres maintenant, Darcie, rappela-t-il. Pas avant la conclusion de l'acquisition et le dîner prévu demain soir avec Vince Williams.

Évidemment, pensa-t-elle. Retour aux affaires...

Durant le trajet, comme il pianotait sur son smartphone, elle l'imita.

— Tu t'inquiètes à propos de Lily ? s'enquit-il en lui décochant un regard par-dessus son appareil. Détends-toi. Je mets tout de suite mon équipe d'avocats sur le dossier.

Elle avait été tellement été accaparée par Elias et ce mariage qu'elle en avait oublié Shaun... Or, il ne s'était pas manifesté depuis son départ en fanfare de l'hôtel de ville. Pas un texto. Aucune réponse aux messages qu'elle lui avait laissés. Et naturellement, pas de retour du virement ! Mieux valait qu'elle se fasse une raison : l'argent qu'elle économisait chaque mois depuis son arrivée chez Greyson Corp était perdu. L'indépendance qu'elle avait bâtie... envolée.

Elle n'avait plus rien.

— Darcie ? Tout va bien ? Tu es toute pâle.

— Oh ! ce n'est rien, murmura-t-elle.

C'était si embarrassant ! Néanmoins, maintenant qu'ils étaient mariés, elle devait prendre l'habitude de se montrer franche avec lui.

— En fait, c'est Shaun, avoua-t-elle d'un ton piteux.

Le visage d'Elias s'assombrit à la mention de ce nom.

— Qu'est-ce qu'il a fait ?

— Rien, justement. Il faut que je parvienne à le joindre, mais il fait le mort. Je lui ai donné de quoi monter son entreprise et j'aimerais m'assurer que notre marché tient toujours.

— Tu lui as donné de l'argent ? répliqua-t-il d'un ton alarmé. Quand ? Darcie, tu ne l'as tout de même pas payé pour qu'il t'épouse !

Il avait l'air horrifié.

— Pas exactement. C'était un accord entre amis, pas si différent de celui que nous avons conclu, toi et moi.

— Pas si différent ? s'insurgea-t-il. Tu plaisantes ? Il a pris la fuite dès que tu as honoré *ta* partie du contrat ! Tu n'oserais pas me comparer à cet escroc... Combien ?

Qu'est-ce que cela pouvait faire ?

— Écoute, j'avais envie de l'aider à monter son propre business. C'était son rêve, et il était d'accord pour que nous partagions les bénéfices le temps qu'il me rembourse. J'étais également censée tenir sa comptabilité. S'il réussissait, c'était une bonne opération pour nous trois !

— Combien, Darcie ? répéta-t-il d'une voix sourde.

Jamais elle ne pourrait le regarder dans les yeux en lui avouant ce montant exorbitant. Tête basse, elle lâcha le chiffre – soixante pour cent de son salaire sur trente-deux mois – et serra les dents pendant qu'Elias encaissait le choc.

La jeune femme avait besoin d'être réconfortée, songeait-il. Elle était déjà bien assez ravagée par les tourments – tourments infligés par l'incroyable lâcheté de son « ami ».

— C'est une sacrée somme, répondit-il sobrement.

Il aurait voulu passer un bras autour de ses épaules, l'attirer tout contre lui. Mais il n'osait pas. Aussi, comme ils longeaient le fameux Las Vegas Strip, il lui désigna, à l'extérieur, les attractions principales de la ville.

Le soir tombait et bientôt, tous deux sentiraient le poids du décalage horaire s'abattre sur leurs épaules. Ils seraient trop fatigués, à leur arrivée à San Francisco, pour discuter de ce qu'ils venaient de faire...

—Tu as économisé tout cet argent uniquement sur ton salaire ? reprit-il.

Elle haussa négligemment les épaules.

— Je ne suis pas dépensière. Et mon objectif a toujours été clair. Je voulais récupérer Lily. Je me disais que, si je n'obtenais jamais sa garde, je pourrais au moins lui payer des études solides, plus tard.

La poitrine d'Elias se serra à ces mots. Bon sang, elle était prête à tous les sacrifices pour offrir à la fillette ce dont elle avait elle-même manqué si cruellement – si injustement. Car elle avait été une enfant de l'assistance publique, c'était évident. Et elle n'en gardait pas un bon souvenir.

Combien de temps avait-elle passé dans ce qu'elle appelait « le système de l'accueil » ? Et qu'en était-il de ses rêves à elle ? De ses *désirs* ?

Il brûlait de curiosité. Lorsqu'il s'était penché pour l'embrasser et avait perçu la douceur de ses lèvres, il avait instinctivement reculé. Par peur de répondre furieusement à la passion qu'il devinait chez elle – le feu sous la glace. Par peur de l'attirance magnétique qui les précipitait l'un vers l'autre.

Mais il ne parviendrait pas éternellement à lui résister : même en cet instant, assis près d'elle, il sentait cette force et il luttait pour ne pas presser ce corps de sirène contre le sien… Non, une initiative pareille aurait été d'autant plus déplacée qu'ils venaient de vivre une journée ahurissante. Incompréhensible et folle.

Il venait d'épouser Darcie.

Lui !

Et tout ce que cette femme lui avait dit aujourd'hui bousculait ce qu'il croyait savoir d'elle. Elle incarnait soudain une somme de défis, le mystère à l'état pur.

Et elle n'était pas plus insensible à son charme qu'il ne l'était au sien : durant près de trois ans, ils avaient été deux à sentir cette formidable attraction et à la nier…

Il rêvait de se retrouver dans l'intimité avec elle. De l'embrasser vraiment. Il en avait physiquement mal, et pourtant il devrait attendre. Ce serait à elle de prendre l'initiative, et il ne la brusquerait d'aucune manière.

Comme le soleil se couchait, le jet décolla, direction San Francisco. Darcie ne ressentait ni la faim ni la fatigue. Son cerveau qui tournait à plein régime refusait d'assimiler l'information du jour – elle n'était plus Mlle Darcie Milne mais Mme Darcie Milne Greyson. Ou Greyson Milne ? Bon sang, elle devrait y réfléchir. Plus tard !

— Voilà, annonça Elias après avoir pianoté quelques instants sur son smartphone. Vince Williams est prévenu que je viendrai dîner demain accompagné de mon épouse.

Il sourit, et la fossette de son menton apparut. Darcie se sentit fondre. Elle s'éclaircit la gorge pour marmonner :

— Ma présence est vraiment indispensable ?

— Tu plaisantes ? s'esclaffa-t-il. Je dirais qu'elle est même essentielle ! Tu sais à quel point cet homme est attaché à la famille, au mariage, etc. Rien ne serait plus choquant pour lui que d'apprendre que je me suis marié et de me voir arriver seul !

Elle secoua lentement la tête.

— Franchement, je ne pense pas être capable de projeter l'image que tu as en tête.

— Pourquoi ? Tu ne peux pas juste avoir l'air heureuse ? C'est si horrible d'être devenue ma femme ?

Il paraissait tellement inquiet qu'elle rit.

— Non, je ne me sens pas à plaindre mais… il me semble que nous ne sommes pas crédibles, c'est tout.

— Pourquoi ? insista-t-il.

Son étonnement, et même sa déception la troublaient. De toute évidence, à ses yeux, ni la différence de milieu, ni leur relation de travail ne comptait. Il paraissait tellement sincère… C'était flatteur, mais qu'est-ce qui pouvait le pousser à croire qu'ils étaient faits – non, qu'ils *avaient l'air* d'être faits – l'un pour l'autre ?

La réponse était tellement évidente qu'elle rougit.

L'attirance, bien sûr. Le courant électrique qui passait entre eux dix fois par jour depuis des années, et qu'ils faisaient mine d'ignorer. Pourtant, Elias l'avait repoussée à Édimbourg et son baiser devant l'autel était d'une désespérante chasteté…

— Nous dirons que nous avons longtemps tenu notre relation sous silence à cause du bureau, expliqua-t-il.

— Mais les employés savaient que je me mariais aujourd'hui, objecta-t-elle. Et pas avec toi ! Tu crois que ça ne va pas causer un petit scandale ?

Il leva les yeux au ciel.

— Tu leur as dit ça ! protesta-t-il. Lors de cette soirée où je n'étais même pas invité !

Mal à l'aise, Darcie haussa les épaules.

— Si je t'avais invité, tu ne serais pas venu.

Il lui retourna un sourire faussement amer avant de reprendre :

— Ça peut s'arranger. Ils m'ont tous vu bondir hors de

mon bureau quand tu es partie en claquant la porte. Il est facile de soutenir la thèse d'une querelle d'amoureux.

Étrangement, songea-t-elle, c'était plausible.

— Mais ensuite ? L'échange des maris à l'hôtel de ville ? insista-t-elle.

— Justement, c'est la partie du scénario la plus facile à avaler : pourquoi me suis-je lancé à ta poursuite ? Pour t'empêcher d'en épouser un autre... Et quand je suis venu te supplier de me choisir, plutôt que lui, nous nous sommes mariés sur-le-champ !

— Avertis-moi quand le film sortira en salles, railla-t-elle.

Il haussa les épaules.

— De toute façon, tous les employés ont signé une clause de confidentialité préservant la vie privée de l'ensemble du personnel. Ils ne sont pas censés divulguer quoi que ce soit et je suis certain qu'ils s'en tiendront à cette règle.

— Eux, oui. Mais Shaun...

Zut. Il avait oublié ce fâcheux.

— Oui, admit-il. Shaun pourrait parler. Mais il n'aura pas vraiment le beau rôle, dans ce cas. Surtout s'il a toujours ton argent dans les poches.

En misant sur les sentiments de Shaun pour Zara, elle avait choisi de ne pas vraiment compter sur leur amitié. Ce qui signifiait que Shaun et elle n'étaient pas vraiment proches. Pourtant, elle s'était tournée vers lui – parce qu'elle n'avait personne d'autre : ni frère, ni sœur, ni cousins... ni parents.

Elias retint un soupir. En matière de solitude, il ne se sentait pas très loin de Darcie, même s'il ne se permettrait jamais de comparer leurs deux jeunesses. Lui avait eu la chance de se faire des amis qu'il retrouvait chaque année, à la rentrée des classes – tandis qu'elle risquait à tout moment d'être retirée d'une famille et envoyée dans une autre.

Le destin avait été assez cruel pour lui prendre Zara. Puis Lily. Il se sentait prêt à remuer ciel et terre pour qu'elle récupère la garde de cette enfant.

Lorsqu'ils franchirent le hall du fabuleux palace situé au cœur de San Francisco, Darcie sentit l'anxiété lui nouer la gorge.

— Nous avons une suite sur le toit, annonça Elias avec un sourire complice.

Darcie l'avait déjà accompagné aux États-Unis. Même si leurs brefs séjours, de vingt-quatre à quarante-huit heures, ne leur permettaient guère de s'adonner au tourisme, elle avait souvent profité des repas d'affaires d'Elias pour s'imprégner de l'atmosphère des villes où ils se trouvaient. Elle avait aimé le dynamisme et la vieille histoire de Chicago, le découpage majestueux des gratte-ciel depuis Central Park à Manhattan, le bleu du ciel et de la mer à Miami. En n'importe quelle autre circonstance, la découverte de San Francisco l'aurait enthousiasmée, mais ce soir, le trop-plein d'émotions l'empêchait de savourer quoi que ce soit.

En automate, elle monta avec Elias et le groom qui les accompagnait dans l'ascenseur privé menant au toit.

C'était la première fois qu'elle suivait Elias dans une suite, songea-t-elle. C'était aussi la première fois qu'elle accompagnait non pas son patron ni son ex-patron, mais *son mari*. Oh ! bon sang, la tête lui tournait tellement...

Les lieux étaient splendides : immense salon avec terrasse privée, cuisine complète, vue sur le Golden Gate Bridge.

Elias ouvrit une porte, et elle découvrit leur chambre : au milieu d'une pièce aux murs lambrissés de blanc et de gris pâle trônait un lit gigantesque, promettant bien davantage que des nuits de sommeil.

Elle rougit.

— Et voici votre chambre, Darcie, conclut Elias. Bonne nuit, à demain.

Sidérée, elle n'eut que le temps de répondre à son sourire et de le regarder fermer la porte.

À pas de loup, elle courut pour l'entrouvrir et le voir pénétrer, de l'autre côté du couloir dans une seconde pièce. Chambre à part ! Le soir de leur mariage !

Un moment après, couchée dans l'immense lit, elle se tenait immobile. En jeune mariée rejetée. Alors qu'elle venait d'épouser un homme dont l'appétit sexuel ne pouvait être mis en doute. Un authentique play-boy...

Et même lui ne voulait pas d'elle.

8

— Pourquoi est-ce que je ne peux pas venir avec toi ?

Darcie aurait voulu travailler. Se concentrer sur autre chose et retrouver leur bonne vieille relation, entre patron et secrétaire. Ce serait plus facile que d'affronter la nouvelle, entre mari et femme.

Assis face à elle à la table de cuisine, Elias ne touchait pas plus qu'elle aux victuailles apportées par le room service : viennoiseries, pain perdu et salade de fruits.

Elle pouvait à peine avaler son café. N'ayant guère l'habitude de se lever si tard, Darcie avait dû détraquer son appétit : il était 10 h 30, elle se réveillait à peine et elle avait dormi comme un loir !

Lavé, rasé et en costume, Elias était prêt à partir pour les quartiers généraux de Vince Williams où il allait signer l'acquisition.

— Parce qu'il n'y a plus rien à faire, expliqua-t-il. Les derniers avenants ont été faxés hier depuis Londres. Tu peux rester tranquillement ici, te détendre, te faire plaisir. Tu n'as pas envie d'aller t'acheter une robe pour ce soir ?

Soupçonneuse, elle lui décocha un regard en biais.

— Pourquoi ? Je ne peux pas porter mon ensemble habituel ? Ou la tenue blanche que j'avais hier ?

En déplacement, elle emportait toujours un tailleur de

81

travail – le gris à rayures. De plus, les grands hôtels proposaient toujours un excellent service de pressing express auquel elle pourrait confier sa jupe et sa veste défraîchies par les longues heures de vol.

— À quel genre de vêtements s'attendent les gens de la part de ta femme ? ajouta-t-elle avec une pointe d'inquiétude.

Elias haussa les épaules.

— Les gens, je ne sais pas, mais en ce qui me concerne, j'espère que ma femme portera ce qui lui fait plaisir. Des vêtements dans lesquels tu te sentiras à l'aise. Je te laisse une carte de crédit pour que tu fasses des achats *parce que j'aimerais que tu te fasses plaisir*, Darcie. Mais si tu préfères porter ton tailleur, cela m'ira très bien.

Il sourit et ajouta :

— C'est ton choix.

Darcie frémit. Rêvait-elle ou bien avait-elle entendu une note légèrement érotique dans cette ultime remarque ?

C'était à n'y rien comprendre. Mais à la vérité, elle avait l'impression de se réveiller d'une nuit très alcoolisée où elle aurait commis les pires folies avec lui. Y compris un mariage éclair à Las Vegas !

Or elle n'avait rien bu, et lui non plus.

Il paraissait si calme... Ce mariage insensé ne l'inquiétait donc pas ? S'était-il confié à quelqu'un ? À qui ? Malgré plusieurs années d'étroite collaboration, elle ignorait tout de son entourage personnel.

— Ta famille ne va pas se demander quelle mouche t'a piqué de te marier si vite ? s'enquit-elle. Tes parents ne vont pas trouver ça très bizarre ?

Elias remplit leurs tasses de café.

— Je ne suis pas proche de mes parents, répondit-il.

— Mais ils vont être mis au courant !

— Sans doute, concéda-t-il. Pas par moi.

— Et ils vont se demander si...

— Darcie, coupa-t-il, les spéculations des uns et des autres ne m'intéressent pas.

« Des uns et des autres » ? Elle lui parlait de *ses parents* ! Médusée, elle le regarda sortir un rapport de son attaché-case et lire les conclusions d'une expertise sur le bilan écologique de l'entreprise de Vince Willams.

— Tu te fiches de tout ce qui ne risque pas d'affecter directement Greyson Corp, c'est ça ? reprit-elle d'un ton cassant.

— En effet, rétorqua-t-il en soutenant son regard sans ciller. Du reste, je ne vois pas pourquoi le fait que ma femme et moi demandions la garde d'un enfant de l'assistance pourrait nuire à l'image de ma société.

— Pour que cela te soit profitable, encore faudrait-il que tu apparaisses comme un être humain ! objecta-t-elle.

Il se mit à rire.

— Parce que je suis qu'un immonde capitaliste au cœur de pierre ? C'est ça, Darcie ? Eh bien, tu as sans doute raison, même si j'ai consacré la moitié de la nuit à me demander comment je peux me retrouver dans cette situation ce matin.

— Bouffée délirante ? suggéra-t-elle d'un ton sarcastique. Démence momentanée ?

Une lueur joueuse dans le regard, il lui rendit son sourire moqueur pour déclarer :

— Je n'ai même pas cet alibi. Je crois que j'ai agi ainsi parce que c'était la dernière chose à laquelle tu t'attendais de ma part. Pour le plaisir de te contredire, de te surprendre.

Ce discours la fit réfléchir. Il était hélas fort possible que ce soit la vérité.

— Tu te retrouves ici ce matin, dans une suite que tu partages *avec ta femme*, parce que tu t'es offert le bref plaisir de me donner tort ?

Un sourire triomphant se peignit sur le visage d'Elias.

— Qui a dit que ce plaisir était bref ?

Ce petit jeu aurait raison de ses nerfs, pensa-t-elle. Comme s'il lisait en elle à livre ouvert, il reprit d'une voix posée :

— Darcie, tu me connais assez pour savoir que je ne suis pas homme à me défausser, ni à renoncer. Jamais. Nous sommes engagés ensemble dans cette histoire, nous y resterons jusqu'à la victoire.

Il se leva, alla chercher quelque chose sur la table basse et revint vers elle.

— En fait, il y a bien quelque chose que j'aimerais que tu portes ce soir. Si tu n'y vois pas d'inconvénient.

Il posa un écrin de velours à côté de sa tasse de café. Tandis qu'elle levait un regard interrogateur vers lui, il expliqua :

— Tu voulais de la crédibilité. De la vraisemblance. Il n'était pas très plausible que je n'aie pas offert *le* bijou témoignant de mon amour à ma jeune épouse, n'est-ce pas ?

Il ouvrit la boîte et en sortit une sublime bague surmontée d'un diamant – transparent et raffiné, ni trop gros ni trop petit... la perfection.

— Tu permets ? demanda-t-il doucement.

Avant qu'elle ait eu le temps de répondre, il glissa la bague de fiançailles à son annulaire.

Darcie avait la gorge serrée. À côté de son alliance, le diamant venait de trouver sa place.

Des bijoux. Un baiser devant l'autel. Elle n'y avait pas pensé en concoctant ce plan pour obtenir la garde de Lily et maintenant, elle s'apercevait qu'elle y tenait.

Elle y tenait énormément.

Mais pas de nuit de noces. Pas de lune de miel. Pas de sexe.

— Heureusement que tu avais ta réserve personnelle à disposition, remarqua-t-elle.

Elias protesta en riant :

— Bien sûr que non ! Je n'ai jamais eu de bague de fiançailles en réserve ! Je suis moi-même allé la choisir ce matin chez le bijoutier qui nous a fourni nos alliances.

Comme elle se mordait la lèvre, il ajouta :

— Tu n'as aucune raison d'être jalouse, Darcie. Tu es ma femme et, en tant que telle, tu es désormais la seule à qui j'offrirai des bijoux.

Elle fit mine de s'offusquer.

— Mais pas du tout, je ne suis pas...

— Aussi improbable que cela puisse te paraître, enchaîna-t-il, il y a un moment que j'étais célibataire. Comme je te l'ai promis, je respecterai les vœux que j'ai formés hier.

Comme elle ne répondait pas, estomaquée par cette déclaration de fidélité, il arrima un regard interrogateur au sien.

— Et toi ? À quand remonte ta dernière relation ?

La gorge nouée, elle le fixa en silence. Elle n'avait rien à répondre.

— Tu as eu un petit aperçu de mon intimité, insista-t-il. Moi, je ne sais rien de toi. Tu es une énigme.

— Parce que tu cherches du mystère là où il n'y en a vraiment pas, assura-t-elle maladroitement. Je n'ai rien de spécial à raconter. Je consacre tout mon temps à mon travail.

Une moue dubitative apparut sur le visage d'Elias.

— Pas les nuits, murmura-t-il avec un sourire entendu.

Darcie réfléchit un instant avant d'afficher à son tour un petit sourire complice. Puis elle déclara :

— Non, c'est vrai. Mais je t'assure que ça ne sera pas un problème.

— Tu sauras faire sans ?

— Bien sûr. Sans problème, promit-elle.

Son sourire s'élargit, et elle sentit son cœur battre sur

un rythme frénétique. Il était dix fois plus beau encore quand il souriait !

Le savait-il ? Était-il en train de la provoquer ? En tout cas, finalement, elle avait envie de se servir de sa carte de crédit. De le surprendre pour leur dîner avec Vince Williams.

— Tu devrais y aller, observa-t-elle. Tu vas être en retard. À ce soir !

Autour d'une table de huit, il avait fallu parlementer encore, vérifier chaque clause modifiée au cours des deux derniers mois et laisser les avocats débattre de quelques points litigieux. En fin d'après-midi, toutefois, le contrat avait été signé.

Elias espérait annoncer cette excellente nouvelle à Darcie dès son retour à l'hôtel, mais la jeune femme s'était absentée. Il passa sous la douche, puis se changea pour le dîner – ce satané dîner sur lequel il aurait tant aimé faire l'impasse !

Habillé et coiffé, il consulta sa montre en fronçant les sourcils. La réception lui avait transmis un message de sa femme : elle avait été retardée et remonterait dans leur suite dès que possible.

Distraitement, il quitta le salon pour gagner la terrasse et balayer du regard le panorama. « Retardée » ? Qu'est-ce que cela pouvait vouloir dire ?

— Excuse-moi, je pensais rentrer bien plus tôt ! s'exclama une voix féminine derrière lui.

Il se retourna et resta comme cloué au sol.

— Je ne me rendais pas compte de la durée d'un massage et d'un soin du visage.

— Tu n'en avais jamais fait ?

— Non, reconnut-elle. Comment s'est passée la réunion ?

Hypnotisé, il marmonna :

— Une réunion ?

— La réunion pour la signature... Tu as réalisé l'acquisition ?

— Hum ? Ah. Oui.

Darcie se mit à rire en s'avançant. Elle agita une main sous ses yeux et chantonna :

— Ohé ! Elias ?

Comme il ne répondait pas, ses joues rosirent et elle ajouta :

— C'est ma robe qui te fait cet effet ? Ou juste le fait que je ne sois pas en pantalon ?

Ni l'un ni l'autre. Oh ! bien sûr, il ne se plaignait pas qu'une superbe robe de soie bleue à motifs rouges, admirablement coupée, mette en valeur la silhouette avantageuse de la jeune femme : le col bateau révélait la grâce de sa nuque, sa poitrine très ronde était suggérée de façon subtile, comme ses hanches. Au bout de ses jambes ravissantes, elle portait des sandales à talons carmin, et la teinte diaphane de sa peau donnait envie de connaître son goût...

Mais ce qui retenait son attention, c'était sa chevelure. Il était toujours parti du principe que Darcie était brune, mais c'était maintenant, seulement maintenant qu'il s'apercevait de son erreur. Parce qu'il ne l'avait *jamais* vue avec les cheveux dénoués. Le chignon sévère et très serré avait été la religion de Darcie au bureau, mais ce soir, ses épaisses boucles au châtain lumineux cascadaient sur ses épaules.

C'était la métaphore d'une libération : la Darcie qui se tenait devant lui, belle, sensuelle et souriante, était comme un papillon sorti du cocon dont l'assistante avait été la prisonnière volontaire.

Elle n'avait pas besoin de maquillage et, d'ailleurs, elle s'était contentée du minimum. Tout en elle respirait la vitalité. Découvrir le vrai visage de cette femme, qu'il avait cru connaître en la côtoyant presque chaque jour depuis trois ans, était une expérience à la fois grisante et effrayante.

— Tu es... rayonnante, dit-il.

Elle sourit avec modestie et répondit :

— Le massage était divin. Depuis, je me sens comme sur un nuage.

— Et les couleurs..., ajouta-t-il. Tu portes toujours du gris, d'habitude.

— Oui, admit-elle avec un petit sourire gêné. C'est mon meilleur atout pour être aussi effacée que possible.

Le mot agit sur Elias comme une déflagration. Effacée ! Les remords l'étranglèrent. Il n'avait pas mesuré à quel point Darcie était vulnérable. Quel imbécile ! Il n'avait décidément rien vu d'elle. Rien compris.

Il s'approcha, lui prit la main et plongea le regard dans le sien pour affirmer :

— Effacée, toi ? Impossible. Tu as une personnalité hors-norme, Darcie.

Dire qu'elle avait voulu se cacher. Disparaître. Cette femme courageuse, intelligente et si pleine de ressources !

— Pourquoi voulais-tu t'effacer ? demanda-t-il avec gravité.

Le bleu très pâle des yeux de Darcie se mit à briller.

— Je cherchais la sécurité, expliqua-t-elle.

Elias ne comprenait pas.

— La sécurité ?

— Oui. Quand on ne te voit pas, quand on ne t'entend pas, on risque moins d'avoir envie de t'éloigner. Les vieilles habitudes, je suppose...

Elle désigna sa tenue, releva vers lui un regard inquisiteur et demanda :

— Alors, qu'en dis-tu ? Ça peut aller, ou bien tu préfères que je me change ?

Le désir qui montait en lui depuis l'instant où elle l'avait rejoint sur la terrasse menaçait de le submerger.

— Te changer ? souffla-t-il d'une voix rauque. Pour quoi faire ?

Le léger malaise qu'il avait provoqué chez elle par ses questions parut s'évanouir lorsqu'elle éclata de rire.

— Tu es bête ! s'exclama-t-elle. Bon, allons-y. Ils vont nous attendre.

Elias se fichait comme d'une guigne de la signature de son contrat. Il avait envie d'attirer cette superbe créature contre lui, d'explorer chaque détail de ses généreuses courbes, de connaître tous les secrets de son corps de déesse.

— Elias, c'est le dîner auquel tu te prépares depuis des semaines ! rappela-t-elle.

Deux heures plus tard, Elias aurait été incapable de donner une bonne raison d'avoir tant tenu à ce dîner. Il aurait tout aussi bien pu célébrer l'acquisition de la société avec une coupe de champagne dans les bureaux de Vince cet après-midi, ou se contenter de la fête du personnel qui aurait lieu une dizaine de jours plus tard.

Regarder Darcie déguster un dîner gastronomique s'avérait être une torture. Chaque fois qu'elle ouvrait la bouche, il sentait son désir s'enflammer. Dès qu'elle fermait les yeux de plaisir, rendant hommage aux talents du chef, il l'imaginait nue, chavirée, entre ses bras...

Il ne s'étonna guère qu'elle préfère un assortiment de fromages au dessert et maintint autant que possible la conversation sur des sujets de travail, afin de ne pas rester hypnotisé par son épouse.

Ce qui, dans la mesure où elle avait été placée face à lui, s'apparentait à une mission impossible.

— Je vous trouve très généreuse d'avoir permis à votre mari de ne pas déplacer la date de notre signature, alors que vous vous êtes mariée hier, observa Vince à l'intention de Darcie.

Elle sourit et répliqua :

— Oh ! Pour être franche, je me sens plus à l'aise à détailler des fusions acquisitions que dans le rôle de jeune mariée !

— Voyons, vous avez tout le temps de découvrir les petits pièges et les grands bonheurs du mariage, répondit Cora, la femme de Vince.

En souriant, elle fit tinter son verre contre celui de Darcie, puis se pencha vers elle, les yeux brillant de curiosité.

— J'imagine que vos parents sont fous de joie !

Elias lança discrètement un coup d'œil complice à la jeune femme, en espérant qu'elle ne se sentirait pas obligée de répondre si elle ne le souhaitait pas. Il n'avait pas anticipé que Darcie pourrait faire l'objet de l'indiscrétion de leurs hôtes et cela le perturbait.

— Je n'ai pas vraiment de famille, dit-elle avec simplicité. Je suis une enfant de l'assistance.

— Oh !

Vince se pencha et dit :

— Ce n'est pas toujours facile. Il y a quelques années, Cora et moi avons été famille d'accueil pour de nombreux jeunes.

Darcie sourit poliment.

— Vraiment ?

— Oui, surtout des adolescents, précisa Cora. Considérés comme trop grands pour un placement à long terme et mal intégrés dans le circuit des foyers. Nous avons tenté de leur offrir une formation adaptée, de la stabilité.

Avec les gestes délicats dont elle était coutumière, Darcie découpa un morceau de fromage.

— Vous êtes restés en contact avec certains d'entre eux ? s'enquit-elle.

— Oui, quelques-uns. Pas tous.

— Ils avaient souffert trop longtemps de leur isolement, renchérit Vince.

— Je comprends, observa Darcie. Je considère que j'ai eu beaucoup de chance de me faire des amis dans ce système. Nous sommes un peu devenus une famille.

Elias réalisa qu'elle parlait non seulement de Zara, mais aussi de Shaun. Il s'efforça de se représenter ces trois enfants sans parents, seuls.

— Désormais, vous avez aussi Elias, reprit Cora d'un ton réjoui.

Darcie approuva d'un hochement de tête.

— Et peut-être que vous allez fonder une famille très nombreuse, tous les deux !

— Peut-être, dit Darcie. Si nous avons de la chance !

Elias leva son verre de vin en se forçant à sourire. Il n'en avait bu que deux gorgées et, pourtant, il se sentait en proie à une légère ivresse qui s'avérait pénible. Parce qu'il s'imaginait faire des enfants avec Darcie, et parce que rien au monde ne pouvait davantage le terrifier.

9

Tout en étant l'esclave d'un désir aussi tenace que tyrannique, Elias se demandait pourquoi diable il n'avait pas saisi l'occasion en or que lui avait offerte, la veille, la célébration du mariage. Il aurait pu embrasser Darcie. Elle en avait eu envie – le courant électrique qui passait entre eux était indiscutable.

Mais tel le roi des imbéciles, il n'avait pas osé. Bon sang, il n'était pourtant pas un adolescent de douze ans embarrassé par ses premiers émois ! Rien ne s'opposait à ce que Darcie et lui profitent de l'intimité imposée par la circonstance.

Rien, vraiment ? Quelque part au fond de lui, la voix de la raison le rappelait à l'ordre. La situation était complexe et mieux valait se montrer prudent. Il s'agissait d'un mariage de pure forme, pour permettre à Darcie d'obtenir la garde de Lily, et non d'une occasion de profiter des talents érotiques de son ancienne secrétaire !

Hélas, quand elle se détendait comme elle le faisait en cet instant, leur proximité devenait un enfer. Face à lui, une jeune femme infiniment désirable riait, un verre à la main, et une longue mèche de cheveux frisait dans son cou, tentatrice...

Ce n'était pas la première fois qu'il rencontrait cette Darcie – il n'oubliait pas Édimbourg. Plus il la voyait, plus il

93

la désirait. Et plus il avait besoin de la connaître. Il voulait qu'elle lui parle. Qu'elle vienne vers lui et qu'elle renouvelle l'invitation qu'il avait été assez fou pour ne pas saisir au vol. « Vous montez avec moi ? » Ces quatre mots magiques prononcés d'une voix caressante le rendaient fou.

Oui, il fallait qu'elle lui accorde une seconde chance !

Elle était si habile pour cacher ses sentiments... Au bureau, il s'était reposé sur son talent en la matière pour garder lui-même la tête froide. Grave erreur, il s'en rendait compte un peu tard. Il aurait dû, au contraire, la pousser hors de sa zone de confort.

Avec le recul, il prenait la mesure de ses erreurs.

— Vous êtes plus malin que je ne le croyais, Elias, déclara Vince. Désormais, votre sublime assistante est à vous pour toujours.

— « Sublime assistante » ? répéta Darcie d'un ton sidéré.

Vince lui sourit et expliqua :

— C'est ainsi qu'il vous appelait quand il me parlait de vous.

Sous le choc, Darcie dévisagea Elias avec des yeux ronds.

— Sublime ? répéta-t-elle.

Vince et Cora rirent de bon cœur, mais Elias sentit son malaise augmenter. La jeune femme tombait des nues. Bon sang, n'avait-elle donc rien perçu ?

— C'est exact, intervint-il d'un ton faussement détaché.

Se tournant vers Vince, il poursuivit :

— Darcie m'a plu dès notre première rencontre.

Il sourit en voyant qu'elle rougissait légèrement et continua :

— Mais elle travaillait pour moi.

Elle était donc taboue, comme il le lui avait dit. Ne l'avait-elle pas cru ?

— Aujourd'hui, Darcie, vous ne travaillez plus pour Elias, n'est-ce pas ? demanda Vince.

— Non, confirma-t-elle. Je prends des congés et je trouverai autre chose ensuite.

Le visage ridé et buriné du vieux chef d'entreprise s'éclaira.

— Sachez que vous aurez une place à mon service si le cœur vous en dit ! Vous n'avez qu'un mot à dire et vous êtes embauchée !

Malgré lui, Elias sentit son sang s'échauffer. Darcie intervint fort heureusement avant lui.

— Quelle aimable proposition ! Merci, Vince. Je ne suis plus sur le marché du travail, mais si je songe un jour à reprendre un poste d'assistante de direction, vous serez le premier à le savoir.

Elias ne put s'empêcher d'admirer son sang-froid. Elle avait su se montrer courtoise et ferme... fidèle à son statut de sublime assistante. Mais la Darcie qu'il avait envie d'apprendre à mieux connaître était celle qui riait avec sensualité. Celle qui dévorait de bon appétit des fromages français. Et celle qui, à Édimbourg, avait eu le cran de lui proposer de...

— Où partez-vous en voyage de noces ? s'enquit Cora avec curiosité.

Comme ils échangeaient un regard perplexe, elle s'inquiéta :

— Vous partez bien en voyage de noces ?

Elias était trop distrait par Darcie pour répondre. Hypnotisé par sa bouche, il observa ses lèvres qui tremblaient, s'ouvraient et se fermaient. Il ne désirait rien d'autre que de connaître leur goût, de savourer leur fraîcheur. Jamais il ne se pardonnerait cette stupide esquisse de baiser, la veille ! Dès qu'elle serait dans son lit, il ne la lâcherait plus et il...

— Oui, bien sûr ! Mais plus tard, expliqua Darcie. Nous avons du travail urgent à finaliser au préalable.

Vince fit claquer sa langue pour exprimer sa désapprobation.

— Tut, tut, tut. C'est malsain de ne penser à rien d'autre qu'au travail, déclara-t-il. Et injustifiable de la part de jeunes mariés !

— Ne nous plaignez surtout pas ! opposa Elias avec aplomb. Ma femme et moi, nous avons placé nos désirs sur la même longueur d'onde.

Le regard admiratif de Darcie lui confirma qu'il avait habilement joué ce coup.

— Je sens une très forte énergie entre vous, roucoula Cora.

— Un couple de dominants ? renchérit Vince, amusé. Je me demande qui des deux est le vrai commandant de bord !

Embarrassée, Darcie échangea un regard avec Elias qui saisit aussitôt le message.

— Verriez-vous un inconvénient à ce que nous prenions congé ? déclara-t-il.

— Oh ! non, nous comprenons, répondit Vince, le regard brillant de sous-entendus.

Elias n'avait jamais écourté un rendez-vous d'affaires pour des raisons personnelles, mais ce soir, il éprouvait avant tout le besoin de se trouver seul avec Darcie.

Visiblement conquis par le « jeune couple », Vince et Cora renouvelèrent leurs félicitations et vœux de bonheur en les laissant s'éclipser.

Le restaurant où ils venaient de dîner se trouvant face à leur hôtel, il ne leur fallut pas plus de trois minutes pour se retrouver dans le hall, devant la cage d'ascenseur.

Silencieuse, la jeune femme se tenait juste derrière lui quand il appuya sur le bouton d'appel. En se tournant vers elle, il lâcha d'une voix rauque, presque animale :

— Tu montes avec moi ?

Quand la cabine s'ouvrit au dernier étage, Darcie en

bondit comme d'une cage de zoo, mortifiée par l'écho qu'Elias venait de donner à l'audacieuse proposition qu'elle lui avait faite quelques semaines auparavant.

Bien sûr, il n'y avait pas de méchanceté dans sa façon de se moquer d'elle, et il essayait peut-être même de déminer le terrain. Mais c'était vexant.

— La soirée est une belle réussite, non ? reprit-il en la suivant.

— Tu trouves ? répliqua-t-elle d'un ton distrait, soulagée d'être rentrée dans la suite.

Rester plusieurs heures assise face à un Elias Greyson en smoking avait été une torture. Il lui faudrait un bon moment pour s'en remettre. Durant tout le dîner, une boule de feu lui avait bloqué la poitrine et elle avait tenté de surmonter le désir en fixant son attention sur les saveurs raffinées des plats, mais... Sa voix grave et suave la grisait, son regard myosotis la subjuguait, l'érotisme de sa chevelure noire et soyeuse sur sa peau hâlée la mettait au supplice.

Bon sang, elle devait garder le cap. Demain, ils rentreraient à Londres et bientôt, ils remettraient un dossier de candidature complet et convaincant à l'administration. La compensation à la frustration physique était infinie, non ?

Oui. Sur le papier, c'était simple... Elle déglutit lentement. Il fallait qu'elle pense à autre chose ! N'importe quoi, pourvu que cela lui permette de maîtriser cette envie obsessionnelle de le toucher. De le sentir tout contre elle. De se blottir au creux de ses...

— J'ignorais qu'ils avaient été parents d'accueil, dit-elle, exaspérée par sa propre faiblesse.

— Moi aussi.

Comme elle esquissait une moue dubitative, il se défendit :

— Quoi, tu ne me crois pas ?

— Disons que je trouve la coïncidence frappante : tu

cherches à impressionner Vince Williams et tu lui présentes une épouse qui, très opportunément, a vécu une expérience qu'il connaît depuis l'autre côté du miroir.

— Darcie, j'ignorais jusqu'à hier que tu avais été une enfant de l'assistance, rappela-t-il. Je t'avais déjà proposé de m'épouser quand tu me l'as révélé.

Il avait raison. Sa réaction n'était pas rationnelle.

— C'est vrai, reconnut-elle. Je crois que le fait que tu saches si bien mentir me rend nerveuse.

— Moi, j'ai menti ? s'offusqua-t-il. Quand ?

— Ce soir. Avec Vince.

— C'est-à-dire ?

Après avoir ôté sa veste qu'il posa sur une chaise du salon, il défit sa cravate et déboutonna le col de sa chemise. Darcie frémit en apercevant sa peau ambrée.

— Eh bien, euh...

Son strip-tease la déconcentrait. Elle aurait dû faire comme lui la veille : lui souhaiter bonne nuit et se réfugier dans sa chambre.

— Je n'ai pas menti à Vince, dit-il avec calme et fermeté. Je ne mens jamais. Tout ce que j'ai dit ce soir était vrai.

Comme il venait vers elle, elle recula instinctivement d'un pas.

— Non, tout n'était pas vrai, martela-t-elle.

Il fronça les sourcils.

— De quoi parles-tu ? Explique-toi.

Une mèche de cheveux tombait sur son front. Elle devinait sa musculature sous sa chemise, et son parfum tentateur la harcelait.

— Ne garde pas pour toi ce que tu as sur le cœur, insista-t-il. Je veux savoir à quoi tu fais référence.

— À rien, souffla-t-elle.

Après tout, il avait pu parler de sa « sublime assistante »

en toute innocence, un jour qu'elle s'était montrée particulièrement efficace. Et elle n'avait pas envie de lui livrer un indice de sa sensibilité dans ce domaine-là.

Hélas, elle en avait trop dit. Plus elle reculait, plus il s'approchait d'elle. On aurait dit un félin sûr de finir par dévorer sa proie... Elle était dos au mur. Littéralement. Impossible de lui échapper, désormais.

Il plaqua les deux mains de part et d'autre de son visage – position de mâle profitant sans scrupule de son avantage.

— À rien de particulier, précisa-t-elle. Je parlais de la comédie du couple parfait que nous avons jouée. Je ne suis pas à l'aise avec ce petit numéro... La dernière chose que je souhaitais, dans la vie, c'était me marier.

Un sourire amusé se dessina sur les lèvres d'Elias.

— Ah ? Même chose pour moi. Et pourtant, nous y voici, il me semble.

Son humour la gagna et, malgré elle, elle s'esclaffa.

— C'est vrai ? reprit-il. Tu n'éprouvais pas l'envie de te marier un jour, même tard ?

— Bien sûr que non, murmura-t-elle. Je suis parfaitement capable de m'occuper de Lily toute seule. Je n'ai pas besoin d'être sauvée par un prince à cheval !

— D'être sauvée, je ne crois pas, acquiesça-t-il en lui coulant un regard de braise, mais peut-être de partager quelque chose avec ce prince... Même s'il n'en est pas vraiment un ? Darcie, s'il te plaît, repose-moi la question.

Incapable de détacher les yeux des siens, elle était fascinée par la petite flamme qui dansait dans ses iris. Sa gorge était sèche. Elle savait de quelle question il parlait.

— Ce soir-là, insista-t-il tout bas, à Édimbourg... Tu avais envie que je vienne dans ta chambre, n'est-ce pas ? Dans ton lit ?

Un vertige délicieux s'emparait de ses sens. Il se tenait tout près et elle était paralysée.

— Et si je te promettais que, cette fois, ma réponse sera différente ? reprit-il.

Il posa une main sur son front, repoussant une mèche de cheveux derrière son oreille d'un geste délicat, d'une infinie légèreté.

— Où est passée ma Darcie ? protesta-t-il très doucement comme elle gardait le silence. Mon hardie, ma vaillante, mon audacieuse Darcie ?

Ces mots, cette voix... Une myriade de frissons parcourait son épiderme.

— Elle... Elle n'a jamais existé, chuchota-t-elle.

Imperturbable, il souriait en plongeant un regard confiant dans le sien.

— Je n'en crois rien. Tu n'as pas pu faire semblant si longtemps.

En effet, à Édimbourg, elle avait eu ce cran, mais...

— Tu veux la vérité, Elias ?

— Toujours, assura-t-il.

Rassemblant son courage, elle lâcha d'un trait :

— Je n'ai jamais couché avec personne.

À peine eut-elle prononcé ces mots que, ainsi qu'elle le redoutait, la magie s'envola.

Le regard de velours d'Elias, caressant et sensuel, se vitrifia. Lentement, très lentement, ses mains se décollèrent du mur et il recula.

Le résultat de sa confession ne la surprenait guère et elle ne comptait pas pour autant baisser la tête. Au contraire, elle sonda son regard avec bravoure.

— C'est pourquoi je t'ai fait cette demande ce soir-là. J'allais me marier. Or ce serait un mariage de convenance, sans intimité, sans tendresse. Je ne savais pas quand je pourrais faire une nouvelle rencontre... Enfin, tu vois.

Il hocha la tête.

— Tu avais l'intention d'être fidèle même dans le cadre de ce mariage-là.

— Oui. Par respect pour l'effort de Shaun, et dans l'intérêt de Lily. Alors, ce soir-là, j'ai pensé que...

— Que tu pouvais penser un peu à toi. Vivre ta première fois. Une nuit seulement.

— Oui, convint-elle encore.

La respiration d'Elias s'était ralentie. Quelque chose comprimait ses bronches. Une chose monstrueuse, associant l'instinct de protection, la colère, le désir et l'effroi. Tout en même temps !

Il avait cru trouver une solution en supprimant le déséquilibre de leur relation d'employeur à employée... Or ils n'étaient toujours pas sur un pied d'égalité. Les conséquences de cette situation lui apparurent dans toute leur clarté. Il pouvait tirer un trait sur la satisfaction de son désir. Impossible d'assumer une autre option.

— Tu dois être fatiguée, dit-il. Les dernières trente-six heures ont été chargées.

— Fatiguée ? répéta-t-elle d'une voix blanche.

Une voix où perçait la déception. Le reproche, aussi.

Mais Elias n'avait pas pour fantasme de déflorer des vierges ! Au contraire, il aimait que ses compagnes soient expérimentées. Une femme aussi libre et déterminée que lui, c'était la garantie de passer un moment agréable. Il était simple de dîner avec elle dans un bon restaurant et de partager un week-end de plaisirs sans lendemain. Tout était clair, chacun repartait de son côté sans frustration ni mauvaise humeur.

Un tiraillement lui vrilla la poitrine.

Darcie et lui venaient de contracter le plus étroit des liens possibles entre un homme et une femme et elle n'avait cependant jamais été plus hors de sa portée – lointaine et inatteignable.

Il se rappela son comportement, le fameux soir d'Édimbourg. Il avait fallu qu'elle *s'enivre* pour trouver le courage de lui demander ce que n'importe quelle autre femme aurait considéré comme quelque chose de banal !

Peut-être parce qu'elle était inexpérimentée dans un domaine plus vaste que celui de la séduction entre les deux sexes. En fait, elle était fragile lorsqu'il s'agissait de relations humaines, quelles qu'elles soient – son enfance avait laissé des stigmates.

Bon, de ce point de vue, il n'était pas mieux loti. Il avait hérité des tares de ses deux parents... et précisément parce qu'il n'avait pas su sauver sa mère, plus jamais il ne manquerait de voler au secours d'une femme.

Mais Darcie demandait davantage qu'une aventure érotique, n'est-ce pas ? Ne méritait-elle pas d'obtenir enfin ce dont elle rêvait ?

Hélas, il n'était pas capable de le lui offrir.

10

Elias la vit trembler. Elle était blessée.

— Je ne comprends pas, plaida-t-elle d'une voix altérée par l'émotion. Comment est-ce que ça peut compter à ce point pour toi ?

Jamais le bleu de ses yeux n'avait été plus orageux. Et elle était si belle, avec ses longs cheveux mordorés cascadant sur sa robe ! Elle lui en voulait.

— Parce que c'est important, soupira-t-il.

— Tu crois que je souffre d'une sorte de déficience ? Ou que ça me rend incapable de décider de commencer un nouveau chapitre de ma vie de femme ?

— Ce n'est pas cela, dit-il en s'approchant, les mains tendues. Je...

Elle bondit telle une gazelle face à un fauve enragé et s'écria :

— Ne m'approche pas ! Je ne veux pas d'un baiser de pitié, Elias ! Même moi, je sais distinguer le désir de la culpabilité ! Ce que j'éprouve pour toi en ce moment, ce n'est pas de la gratitude. C'est une attirance physique puissante.

À ces mots, il se figea. Inexplicablement, il se sentait vexé. Il fronça les sourcils.

— Parce que, avant, c'était ce que je t'inspirais ? *De la gratitude* ?

Quelle horreur !

— Tu n'écoutes pas ! Si je suis attirée par toi, ce n'est pas parce que je te vois comme le héros qui passe au bon moment. Tu crois que mes sentiments sont aussi vagues, aussi fugitifs ?

— Tes *sentiments* ? répéta-t-il, épouvanté.

Elle serra les poings en levant les yeux au ciel.

— Bien sûr que j'éprouve toutes sortes de sentiments, Elias ! éclata-t-elle. La colère en premier lieu ! Et oui : il y a aussi le désir. Ce que je ne saisis pas, c'est pour quelle raison je serais la première femme à ne pas avoir le droit de te dire que tu m'excites. C'est parce que je ne te plais pas ou parce que je ne l'ai jamais fait ?

— Que… que je t'excite ? balbutia-t-il, médusé.

— Arrête de répéter tout ce que je dis comme si je descendais de la lune ! Je suis au-delà de l'embarras ou de la gêne… Oui, tu me plais et tu le sais au moins depuis Édimbourg ! Je ne peux pas t'obliger à me désirer en retour mais au moins, s'il te plaît, aie la décence de ne pas me mentir !

— Mais je ne te mens pas, Darcie ! s'exclama-t-il en se précipitant dans sa direction.

Une nouvelle fois, elle se déroba et courut devant la baie vitrée.

— Ne t'approche pas de moi maintenant ! glapit-elle.

Ses joues étaient roses, sa bouche luisante et ses yeux lançaient des éclairs. Elle était folle de rage.

Néanmoins, il passerait outre son ordre. Lentement, il revint vers elle avant de s'immobiliser à distance raisonnable.

De toute évidence, il était le seul homme qu'elle ait sexuellement sollicité. Elle était partie du principe qu'il serait d'accord. Peut-être même avait-elle misé sur sa frustration, dans la mesure où il y avait un moment qu'il s'était retiré du marché... Et il l'avait rejetée. Tout de suite. Froidement.

Un instant plus tôt, il avait recommencé. Oui, par deux fois, il lui avait claqué la porte au nez... Et maintenant, elle était prête à le mordre.

— Tu es fâchée, dit-il.

Sans répondre, elle lui décocha un coup d'œil assassin. Elias sourit.

— Sais-tu que ton regard vacille quand tu me dévisages ainsi ?

De sa voix la plus veloutée, il enchaîna :

— Et qu'il contient mille secrets. Dis-moi tes secrets, Darcie...

— C'est ce que je viens de faire, protesta-t-elle tout bas. Et tu m'as répondu non.

Il hocha lentement la tête.

Un ange passa dans le salon plongé dans l'obscurité. Il était tard. Derrière la baie vitrée, les lumières de San Francisco projetaient un halo doux.

— Tu t'es tournée vers quelqu'un d'autre, quand je n'ai pas voulu ? interrogea-t-il.

— Apparemment pas, répliqua-t-elle d'un ton acide.

— Parce que tu pensais toujours à moi, murmura-t-il en faisant quelques pas vers elle. Parce qu'il n'y avait que moi qui t'excitait.

— Vraiment, Elias ? demanda-t-elle, incrédule. Tu as besoin de regonfler ton narcissisme ?

— Il existe une alchimie particulière entre toi et moi, Darcie, souffla-t-il. Mais ce mariage est à durée déterminée et ça, ça ne changera pas. Alors, si on couche ensemble, et même si c'est formidable, je veux que tu aies conscience que les règles sont intangibles. Notre accord ne varie pas.

— Quelle arrogance ! Parce que tu crois que moi, j'espère

autre chose ? Je t'ai pourtant dit que je n'avais *jamais* eu le souhait de me marier ! Il n'est pas question pour moi de prolonger la situation plus longtemps que nécessaire !

Sa réplique acerbe et vive le rassura.

— Tant mieux, dit-il en arrimant le regard au sien.

Il approcha encore d'un pas pour chuchoter :

— Demande-moi de t'embrasser.

La jeune femme hésita avant de le dévisager avec défiance.

— Pourquoi ?

Le cœur de Darcie tambourinait tellement qu'il allait exploser. L'adrénaline pulsait dans son sang et un brasier infernal la consumait.

Elias était tout près, et il la dévorait des yeux. Jamais son regard n'avait été plus... fascinant. Irrésistible.

Il se pencha et posa le front contre le sien. Puis il effleura le bout de son nez de sa bouche ferme et chaude.

— Je ne ferai rien si tu ne me le demandes pas explicitement, insista-t-il tout bas.

On aurait dit qu'un millier de papillons venaient de s'envoler au creux de son ventre... Un incontrôlable vertige s'emparait de ses sens.

— Tu... Tu veux que je te dise que j'aimerais... un baiser ? souffla-t-elle.

Les mains d'Elias se glissèrent dans ses cheveux. Puis, lorsqu'il l'attira contre lui, elle tomba contre son large torse et ferma les yeux. Il effleura ses lèvres des siennes, puis glissa tout doucement sa langue – comme s'il goûtait un fruit sans oser y croquer. La caresse était si provocante, si exquise que Darcie en tremblait de plaisir.

— Je veux que tu comprennes que si tu me demandes quelque chose, je te le donnerai, dit-il d'un ton grave et sensuel.

— Je ne veux pas avoir besoin de demander, opposa-t-elle

avec fermeté. Je refuse de continuer à me battre pour obtenir quelque chose que les autres obtiennent facilement.

Elias rit.

— Darcie, murmura-t-il. Oh ! Darcie... C'est exactement comme ça que je te veux : sachant exactement ce dont tu as envie. C'est comme ça que je te désire... Tu le sens ? Tu sens combien j'ai envie de toi ?

Il la serra contre lui et lui fit mesurer l'ardeur de son érection. L'effet sur elle fut immédiat : ses seins se tendirent sous la dentelle de son soutien-gorge, et elle sentit une délicieuse chaleur se répandre entre ses jambes.

— J'ai envie de toi depuis le début, reprit-il en encadrant son visage de ses mains pour mieux la scruter. Dès le premier jour, j'ai éprouvé un désir fou pour toi, mais...

Il marqua un temps d'hésitation avant de reprendre :

— Mon père a eu une liaison avec sa secrétaire. Ç'a été un désastre. Pour elle et pour ma mère. Pour ma famille. Tu comprends ? C'est une ligne rouge que je ne pouvais pas, *absolument pas*, franchir.

Ces paroles agirent sur elle comme un baume merveilleux. Cette information éclairait les événements d'un jour neuf... Bien sûr, elle comprenait. Et elle était également consciente de ce que lui coûtait cet aveu.

— Mais tu n'es plus ma secrétaire, reprit-il en déposant, très délicatement, une traînée de baisers brûlants le long de son cou.

Darcie frémit. Des ondes électriques provoquaient des sensations inédites en elle.

— Si je continue, Darcie, prévint-il, je ne pourrai plus m'arrêter. Tu es d'accord ?

S'accrochant à son cou, elle se pressa contre lui et répliqua :

— Oh oui ! je suis d'accord. Je ne demande que ça.

Jamais Darcie n'avait été aussi sûre de ce qu'elle voulait,

et elle laissa Elias l'entraîner jusque dans sa chambre – savourant l'entrelacement de leurs doigts et le contact de sa main large et chaude sur la sienne.

Dès qu'il referma la porte et qu'elle entendit, dans le silence de la pièce, leurs souffles haletant à l'unisson, elle prit l'initiative, se hissant sur la pointe des pieds.

Avec délectation, elle passa les bras autour de sa nuque puis plongea les doigts dans son épaisse et soyeuse chevelure noire. Dès qu'elle l'attira vers elle, Elias s'empara de sa bouche. Voracement, cette fois, passionnément.

Tandis qu'un merveilleux tumulte éclatait dans sa poitrine, elle enroula voluptueusement la langue autour de la sienne. C'était divin. Leur baiser se fit plus passionné, et elle sentit les mains d'Elias errer sur sa taille, puis le long de ses hanches. Une sensation inédite naissait en elle – comme un jaillissement, un éveil de sa chair.

Elle avait soif de toucher sa peau nue. Une boule de feu se formait dans son bas-ventre. Son cœur battait à coups plus lourds, ses seins gonflés et durcis semblaient tendre la soie de sa robe.

Avec détermination, elle recula pour en défaire le zip et, sans retenue, elle fit tomber le vêtement sur ses chevilles.

Elias ne la quitta pas des yeux en se débarrassant de sa chemise et de son pantalon. Puis il l'attira pour la renverser sur le lit et la rejoindre, le regard embué de désir.

Le cœur de Darcie se remit à battre sur un rythme frénétique. Enfin, le moment était venu. Ce moment qu'elle attendait depuis si longtemps...

D'un geste expert, Elias fit sauter l'agrafe de son soutien-gorge. Les yeux fermés, elle se mordit la lèvre, réprimant un gémissement, à l'instant où il caressa ses seins nus, gonflés par le désir.

Le baiser qu'ils échangèrent alors fut brûlant, et dès

qu'elle sentit les doigts d'Elias tracer des sillons ardents sur sa poitrine, le plaisir monta avec tant de force qu'elle gémit.

Abandonnée aux sensations prodigieuses qui la trans-perçaient, elle lâcha un soupir.

— Oh...

— Darcie, murmura-t-il.

— Oui, oui...

Tout son corps s'éveillait et s'animait et elle savait qu'elle en voulait davantage... Ses cuisses s'ouvraient. Un besoin tyrannique et mystérieux pulsait entre ses hanches. Mais comme si le temps s'était arrêté, Elias poursuivait sa lente et impitoyable torture. Le feu qui la consumait s'intensifia encore jusqu'à ce qu'elle se lamente :

— S'il te plaît... Viens !

D'une main lascive, il insinua ses doigts entre ses cuisses brûlantes, puis remonta sous la dentelle de son slip.

Darcie sentit ses poumons se bloquer. Une indescriptible sensation de délivrance l'inondait, exquise et envoûtante, mais alors qu'elle fermait les yeux, une vague de plaisir violente la surprit. Aussitôt, son sang se changea en lave. Comme Elias effleurait son clitoris, elle étouffa un cri. Peu à peu, au fur et à mesure qu'il s'aventurait dans sa chair trempée, tournant et retournant autour du centre de son sexe, elle s'abandonna à un torrent furieux.

Ce fut alors qu'elle sentit qu'il lui ôtait son slip, descen-dait entre ses cuisses et posait la bouche contre sa chair. D'un geste possessif, il plaqua les mains sur ses fesses pour l'attirer davantage. Le vertige revint. Et lorsque la langue tendre, délicate et habile d'Elias fouilla son intimité, une sensation indescriptible fusa en elle, annihilant le temps et l'espace... Haletante, déroutée, elle comprit qu'elle venait de connaître son premier orgasme.

Avec un homme qui savait si bien lui donner du plaisir

que c'était à croire qu'il connaissait son corps depuis toujours. Et elle en voulait encore – et encore !

Comme s'il avait lu dans ses pensées, il remonta près d'elle sur le matelas et demanda avec inquiétude :

— Tu es certaine d'avoir envie de la suite ? De me sentir en toi ?

Ivre de désir, elle sourit. Même si elle ne parvenait pas encore à mesurer la puissance de ce qu'elle venait d'expérimenter, elle savait qu'elle voulait aller jusqu'au bout.

Dans une sorte de rage qui la surprit elle-même, elle se redressa, l'embrassa avec force et l'invita d'un geste à se dénuder entièrement.

Il s'exécuta en souriant.

Darcie retint son souffle, admirant la rondeur de ses épaules, ses bras massifs et enveloppants, le dessin parfait de ses pectoraux. Incapable de résister, elle tendit les doigts vers la fine toison brune qui courait sur son ventre. C'était tellement excitant, tellement nouveau de caresser cette peau d'homme ! Une peau bronzée, lisse, ferme.

Enhardie, elle laissa ses doigts glisser plus bas. Elle riva les yeux sur son membre et savoura bientôt le contact de la masse dure, longue et puissante. Dans un élan brusque, il interrompit son mouvement en lui saisissant le poignet.

— Une seconde. Il faut que je prenne ce qu'il faut.

Un instant après, fascinée, elle le regardait dérouler le préservatif sur la longueur de son sexe.

Puis, comme il l'embrassait avec volupté, elle répondit avec ardeur à son étreinte, se laissant renverser... jusqu'à ce qu'il s'installe entre ses cuisses pour la pénétrer lentement.

L'impression de brûlure ne dura qu'un instant et fut bientôt suivie par des sensations plus troubles, jusqu'à un plaisir insoupçonné. Sans la quitter du regard, Elias entrait en elle avec mille précautions.

— Ça va ? s'enquit-il.

— Oui, continue, geignit-elle.

Enfin, il s'enfonça jusqu'à ce qu'elle le sente entièrement, jusqu'à ce qu'elle ait le sentiment merveilleux d'une évidence, d'une nécessité. Elias imprima alors un lent mouvement de va-et-vient à leur corps-à-corps.

— Encore ? demanda-t-il d'une voix rauque.

— Oh oui, encore !

Étroitement enlacés, en sueur, ils ondulèrent sur un rythme tribal. Darcie se laissait emporter par cette danse primitive, assourdie par les battements de leurs cœurs. Le torse d'Elias se frottait contre les pointes en feu de ses seins, décuplant les sensations en elle.

Elle enfonçait les ongles dans sa nuque, ensorcelée par les baisers qu'elle recevait, cambrée pour mieux accueillir les assauts d'un plaisir incomparable. Car non, rien de ce qu'elle avait connu jusqu'alors ne ressemblait à ça : elle vibrait sous les secousses indomptables d'un phénomène aussi puissant qu'une tempête maritime.

— Oh ! Elias...

— Plus fort ?

— Oui !

La vague qui la submergerait allait venir, le tsunami l'emporterait, et elle vivait cette inexorable progression avec ravissement. C'était la première fois qu'elle partageait ce degré d'intimité avec quelqu'un et elle s'offrait à Elias de façon absolue. Or elle aurait pu jurer qu'il expérimentait exactement la même chose... La perfection. Un moment magique.

— Darcie...

— Oui, maintenant, hoqueta-t-elle.

De toutes ses forces, elle s'accrocha à lui lorsque le plaisir

111

ultime les avala. Elias la rejoignit dans l'orgasme, et elle lâcha un cri.

D'un même mouvement, ils retombèrent l'un près de l'autre sur le matelas – en sueur, à bout de souffle. Darcie écouta longtemps le tam-tam de son cœur.

Peu à peu, le calme revint. Avec l'impression d'avoir vécu quelque chose de proprement miraculeux.

11

Darcie sourit. Elias passait un bras autour de sa taille et promenait deux doigts le long de son ventre, avant de remonter entre ses seins.

— Je vais à gauche ou à droite ? s'enquit-il.

Elle rit, se retourna et l'embrassa. Puis elle plongea le regard dans le sien – amusé, complice.

— Je ne me rendais pas compte que c'était si...

Elle soupira avant de reprendre :

— Je n'ai pas réalisé ce dont je me privais. Est-ce que c'est toujours aussi...

Elle cherchait le mot, et il vint à son secours.

— Merveilleux ? suggéra-t-il. Non, c'est la première fois que je vis une chose pareille.

— C'est gentil, mais je ne veux pas que tu te sentes obligé de dire ça, répondit-elle. Ce serait dommage de tout gâcher en...

— En disant la vérité ? coupa-t-il. Oui, la vérité, c'est que tu es superbe. Exquise. Et que je ne parviens pas à me détacher de toi.

De nouveau, son cœur battit la chamade. Il lui ôtait les mots de la bouche. Elle voulait demeurer aimantée à son torse, arrimée à ses baisers et à ses caresses. Tout son corps réclamait Elias, Elias, Elias.

— Vraiment ? Tant mieux.

Sa réponse parut le rendre heureux. Puis il la fixa avec tant d'attention qu'elle s'enquit :

— Qu'est-ce qu'il y a ?

— Rien. Je ne veux pas être indiscret, mais...

— Mais quoi ? insista-t-elle.

Il sourit.

— J'aimerais vraiment savoir pourquoi tu n'as jamais fait l'amour avant.

Darcie lui opposa une moue frondeuse avant de répliquer d'un ton faussement accusateur :

— Par ta faute. Parce que, au cours de ces trois dernières années, je n'ai pas eu une minute à moi.

— Admettons, dit-il. Mais tu as vingt-trois ans. Tu as eu des petits amis... Tu as refusé de coucher avec eux ? Tu n'es jamais tombée amoureuse ?

— Non, avoua-t-elle en détournant le regard.

Ce n'était pas un sujet qu'elle se réjouissait d'aborder dans un moment pareil, mais l'intérêt sincère d'Elias lui donnait envie de tout lui dire.

— Zara avait une cour d'admirateurs. Elle était belle, sûre d'elle, et je n'osais pas me lancer dans un domaine où je la voyais irradier... En fait, j'étais un peu la copine maladroite qui tient la chandelle dans un coin du tableau.

— Ne dis pas cela, Darcie, s'emporta-t-il. Tu as trop de tempérament, trop de personnalité pour être crédible dans le second rôle. Tu excelles dans tous les domaines.

Elle éclata de rire.

— Bien sûr que non ! Personne n'excelle en tout, même pas toi !

— Comment ? Pas moi ?

Il fit mine d'être scandalisé, et son hilarité augmenta.

— Puis-je savoir dans quel secteur tu me juges médiocre ? insista-t-il.

Darcie lui renvoya un regard moqueur avant de répliquer :

— Les vacances. Tu es encore plus nul que moi pour t'arrêter de travailler !

Vingt-quatre heures plus tard, Elias sortait de l'aéroport avec l'esprit accaparé par le souvenir de son adorable épouse, décoiffée et les joues roses sur le siège du jet, tandis qu'il rattachait lui-même sa ceinture pour l'atterrissage. C'était sa faute, il plaidait coupable : il avait été incapable de se détacher d'elle au cours du vol du retour et la traversée de l'Atlantique s'était accompagnée de merveilleux gémissements.

Il n'était pas rassasié. C'était incroyable. Plus ils faisaient l'amour, plus il avait envie d'elle.

— Je vais te déposer pour ta visite à Lily, dit-il. Je passerai te reprendre ensuite.

Sans le rendez-vous dominical de la jeune femme avec la fillette, ils auraient peut-être réussi à transformer une modeste journée de congé en deux ou trois jours de vacances. Après ces longues heures passées dans leur suite, entre leur lit et l'immense baignoire de la salle de bains, Elias commençait à rêver d'une vraie lune de miel – longue, très longue.

— Comment cela ? s'étonna-t-elle. Tu conduis ? Où est Olly ?

— Il profite de son dimanche, répondit-il en souriant distraitement.

Car il commençait à redouter la réaction de Darcie quand elle découvrirait tout ce qu'il avait préparé dans son dos... Et si elle n'était pas contente ?

— J'ai pensé que nous parviendrions à nous passer du reste des mortels jusqu'à demain, ajouta-t-il.

Il n'était pas prêt à la partager. Il avait envie de la garder un peu pour lui, juste pour lui.

Encore une nuit d'enchantement érotique. Puis la réalité reprendrait ses droits.

Les deux heures avaient filé à toute vitesse. Darcie peinait à contenir son bonheur tandis qu'elle emboîtait les briques du jeu de construction favori de Lily. Il y avait plusieurs semaines qu'elles ne s'étaient vues qu'en vidéo, et ces retrouvailles les enchantaient.

— Dimanche prochain, tu viendras aussi ? s'enquit la fillette.

— Oui, je serai là, acquiesça Darcie.

Elle ne pouvait encore promettre rien de plus à la petite, même si elle rêvait de le faire. Car depuis le début, elle se gardait de toute promesse à Lily, à moins d'avoir la garantie de pouvoir la tenir. Elle connaissait trop bien la souffrance causée par les serments trahis pendant la petite enfance : la répétition de la déception pouvait briser un être humain.

Après lui avoir dit au revoir, elle alla retrouver Elias sur le parking, derrière l'immeuble, et elle ne put réprimer un sourire radieux. Il était tellement plus complexe que ce qu'elle avait imaginé... Sa personnalité possédait mille facettes. Au lieu de retourner au bureau et de s'immerger dans ses dossiers, la drogue du travail pulsant dans ses veines, il poursuivait leur long week-end et endossait même pour elle le rôle du chauffeur !

En fait, cette métamorphose inattendue la bouleversait, et il lui fallut une bonne minute pour parvenir à attacher sa ceinture, tant ses mains tremblaient.

— Tout va bien ? s'inquiéta-t-il.

— Oh oui ! Très.

— C'était une bonne visite ?

— Parfaite, acquiesça-t-elle distraitement.

Il ne fallait pas qu'elle le regarde trop, sinon... elle ne songerait qu'à ses caresses. Ses baisers. Les plaisirs prodigieux qu'elle découvrait entre ses bras et qui, à sa stupeur, semblaient grandir à chaque seconde, en nombre comme en intensité.

Ils avaient dû convenir qu'un projet de vacances, si tentante soit l'idée, n'était pas envisageable avant d'avoir sécurisé la demande de garde de Lily. Néanmoins, ils avaient passé *tout leur samedi* dans la chambre d'hôtel de San Francisco.

Les crampes délicieuses dans le corps de Darcie témoignaient de leurs multiples étreintes enfiévrées. Son désir pour cet homme renaissait à chaque instant, démultiplié. Elle ne pouvait pas se passer de sa peau, de son parfum, de sa bouche.

Déjà, une boule de feu se formait dans son bas-ventre et toute sa chair exigeait, avec tyrannie, de nouveaux ébats. Aussi fixa-t-elle tant bien que mal son attention sur le paysage londonien.

En sortant du quartier d'Islington, comme Elias ne prenait pas la direction de la City, elle s'étonna :

— On ne va pas chez toi ?

— Non, dit-il en serrant le volant avec une nervosité visible.

Il s'éclaircit la gorge et ajouta :

— Nous allons dans notre nouveau chez-nous.

Sidérée, Darcie chercha ses mots quelques secondes avant de demander d'une voix éraillée :

— Notre quoi ?

— Chez nous, répéta-t-il d'un ton timide qui fit naître, à la surface de sa peau, de délicieux frissons.

— J'ai pensé que nous aurions de meilleures chances encore d'obtenir la garde de Lily si nous habitions non un appartement de ville fonctionnel, mais une maison. Avec un jardin et les meilleures écoles à proximité.

— Mais... j'ignorais que tu possédais aussi une maison, murmura-t-elle.

— Non, je n'en avais pas, confirma-t-il.

Un moment après, il empruntait une rue discrète de Marylebone et s'arrêtait devant une haute grille fermée. Le genre de grille protégeant les plus belles villas victoriennes de la ville, voire d'anciens hôtels particuliers – immenses.

Il pianota un code sur son smartphone, et le portail s'ouvrit.

— Alors tu as trouvé une propriété à louer ? Si vite ?

— Non, Darcie.

À l'instant où elle se tournait vers lui, le visage empreint de gravité, il précisa :

— Je l'ai achetée.

— Non... Comme ça ? souffla-t-elle, médusée. Du jour au lendemain ?

Elle prit une longue inspiration avant de conclure :

— Même pour un homme aussi rapide que toi, c'est une acquisition express !

Il sourit.

— Je suis heureux que tu ne t'en sois pas rendu compte, mais ces derniers jours ont été très, très chargés.

Comme dans un rêve, elle regarda s'élever devant elle la façade majestueuse de la villa, dissimulée par des arbres centenaires.

— Il y a un jardin...

— Et un espace de jeux aménagé, renchérit-il en coupant le moteur.

Comme ils gravissaient les marches du perron, il avertit :

— Il manque encore du mobilier. Je n'ai pu faire venir que le minimum.

En pénétrant dans le hall, Darcie dut se pincer. Il s'agissait d'une propriété à trois niveaux, incroyablement spacieuse. Chaque détail de l'architecture était un régal pour les yeux, des immenses cheminées aux plafonds à caissons, des sols en parquet de chêne bicentenaire aux portes-fenêtres qui laissaient entrer une lumière éclatante.

Le cœur battant, elle traversa le salon, la salle à manger et la cuisine ultramoderne. Le rez-de-chaussée, accueillant et ouvert, semblait conçu pour la vie de famille.

— Il n'y a pas de restaurant référencé au Michelin à deux pas, ironisa-t-il, mais j'ai tout de même commandé de quoi nous sustenter.

Il désignait une impressionnante rangée de sacs de traiteur posés sur l'îlot central, mais Darcie avait franchi la porte qui, de la cuisine, donnait sur l'autre partie du jardin.

L'aire de jeux, à côté de la terrasse, était déjà munie d'une balançoire et d'un petit toboggan !

Elias l'entraîna ensuite vers un second salon, plus cosy, où deux immenses canapés modulaires faisaient face à un grand écran. Elle se voyait déjà lovée dans tous ces coussins avec Lily, lui faisant découvrir les plus beaux dessins animés – ou seule dans les bras d'Elias, à regarder un vieux film.

— Alors ? s'enquit-il. La maison te plaît ?

— Tu plaisantes ! rétorqua-t-elle en se retournant vivement vers lui. Si elle me plaît ? C'est… Je ne sais pas quoi dire.

Après l'avoir entraînée au premier étage, il s'arrêta devant une porte. L'anxiété se lisait sur son visage lorsqu'il dit :

— Si la décoration ne te convient pas, on pourra la refaire, bien sûr.

Darcie sentit la tête lui tourner lorsqu'elle découvrit la chambre de Lily. Les murs étaient peints dans un rose profond, chaleureux et rassurant. Une frise en ardoise, à hauteur d'enfant, lui permettrait d'ajouter sa propre touche. Deux lits-tiroirs, placés sous le sien, permettraient à la fillette d'inviter des copines, et une sorte de baldaquin pouvait astucieusement faire tomber une tente autour du matelas !

Il y avait un bureau d'écolière à l'ancienne, une bibliothèque, et un immense tapis de jeux.

— Tu as engagé un architecte d'intérieur, observa-t-elle, impressionnée.

— Oui. En fait, une équipe complète a travaillé ici nuit et jour au cours des dernières soixante-douze heures. Mais comme je te le disais, il manque encore une grande partie du mobilier et...

— Ils ont accompli un travail remarquable, coupa-t-elle. Ce rose, par exemple, est une trouvaille géniale : jamais je n'aurais osé, parce que j'aurais eu peur que ce soit mièvre... Et le résultat est à la fois sobre, chic et réconfortant. Je suis sûre qu'elle va adorer !

— Attends, tu n'as pas tout vu, dit-il en l'invitant à se retourner.

Darcie lâcha une exclamation de stupeur. Sur le mur qui séparait la chambre et le dressing, un grand cadre avait été accroché.

C'était la photo de Zara et de Lily qu'elle avait montrée à Elias.

— Je me suis permis de la faire reproduire, expliqua-t-il. J'espère que tu ne m'en voudras pas de l'avoir dérobée dans ton portefeuille : je tenais à ce que ce soit une surprise.

— Oh ! Elias !

Elle tenait tant à ce que Lily n'oublie jamais Zara ! Émue, elle contempla le visage radieux de son amie qui embrassait son bébé.

120

— Merci, souffla-t-elle.

Dominant son émotion, elle reprit d'une voix plus assurée :

— Combien de chambres y a-t-il ?

Au terme de la visite, Darcie avait le tournis. La maison était si vaste qu'elle pouvait contenir une ribambelle d'enfants, et... pour la première fois de sa vie, elle s'aperçut qu'elle avait envie d'en avoir. De donner des frères et sœurs à Lily. De faire enfin partie d'une grande famille. Oui, c'était son rêve le plus secret, celui qu'elle prétendait ignorer depuis toujours – parce que c'était un rêve fou, inatteignable.

— Et voici la nôtre, annonça Elias en poussant une porte du deuxième étage.

Darcie en eut le souffle coupé. Au centre d'une chambre aux murs blancs lambrissés trônait un lit immense drapé de lin. Un petit balcon donnait sur le jardin et la cime des arbres. La salle de bains attenante était un prodigieux mariage de l'ancien et du contemporain, avec une double vasque, une immense baignoire et une cabine de douche à jets de vapeur.

— J'ai fait venir ta garde-robe, reprit fièrement Elias en désignant le dressing.

Darcie retint une exclamation. Sur la penderie, à côté de ses tailleurs gris, reposaient un pull en cachemire, un pantalon décontracté en molleton, un peignoir de bain et un maillot une-pièce.

— Je tiens à ce que tu puisses te détendre, expliqua Elias.

— En maillot de bain ? objecta-t-elle en lui retournant un regard amusé.

— Sauf si tu préfères te baigner tout habillée, rétorqua-t-il du même ton moqueur.

Comme elle affichait un air perplexe, il lui prit la main et, descendant l'escalier avec elle, la mena au sous-sol où, émerveillée, elle découvrit un bassin aux proportions généreuses.

Une piscine privée !

Elle déglutit lentement. Cette maison incroyable, ce véritable paradis, c'était… *chez eux*. Darcie avait l'impression que tous ses rêves, d'enfant et d'adulte, prenaient corps. Oui, c'était magique… Un peu trop pour être réel.

Aussi, malgré son délicieux vertige, écouta-t-elle l'alarme qui se déclenchait quelque part au fond de son cerveau.

Un an. Elias s'était montré très clair : ce mariage durerait un an. Il n'y aurait pas de frères et sœur pour Lily, pas de « plus tard » ni de « toujours ».

Oui, ils étaient chez eux. Pour douze mois ; et le tic-tac du compte à rebours lui glaçait le sang.

12

— Il y a tellement de formulaires !

Darcie assembla les papiers en piles qu'elle aligna sur la table. Depuis la rencontre avec l'équipe de juristes d'Elias, elle était pleinement rassurée sur leurs chances d'obtenir rapidement gain de cause : il ne leur faudrait que quatre mois. Ils auraient même la possibilité d'enchaîner avec une demande de garde définitive ! Selon l'avocat en chef, le lien que Darcie avait noué avec la petite fille depuis sa naissance lui donnait bien davantage de droits qu'elle ne le pensait.

— Je ne me rendais pas compte qu'il y aurait tant de haies à sauter sur ce parcours interminable, soupira-t-elle.

Démonstration de sécurité financière, de bonne santé, attestations et témoignages de moralité, puis évaluation. Ils allaient devoir suivre une formation de famille d'accueil durant des mois, passer un examen de connaissances élémentaires en puériculture...

Mais quatre mois, c'était une victoire autant qu'une épreuve.

— Comment cela ? s'étonna Elias. Tu ne connaissais pas la procédure ? Ce n'est pourtant pas la première fois que tu présentes ton dossier, n'est-ce pas ?

123

Mal à l'aise, Darcie ne pouvait pourtant pas lui mentir. Blême, elle hocha la tête.

— Si.

Naturellement, il sembla désarçonné.

— Mais pourquoi ? demanda-t-il.

Elle savait que, tôt ou tard, elle devrait lui révéler les aspects les plus embarrassants de son passé. Ce moment était venu.

— Parce que je n'avais aucune chance d'obtenir la garde de Lily, admit-elle. Après ce qui s'est passé, les services l'ont emmenée.

Il ouvrait de grands yeux.

— Et que s'est-il passé ?

Comme elle détournait le regard, il revint à la charge.

— Darcie, tu peux tout me dire, plaida-t-il avec gentillesse. Je ne te jugerai pas.

Elle lâcha un profond soupir avant de raconter :

— J'ai rencontré Zara en intégrant un foyer d'adolescents. Elle était belle, adorable, complètement dingue. Dans cette structure, la plupart des pensionnaires allaient et venaient, mais nous, nous sommes restées ensemble. Nous nous serrions les coudes. Dès que cela a été possible, nous avons partagé le loyer d'une studette. J'étais bonne en informatique et j'ai effectué mes premiers petits boulots d'employée de bureau. Zara a trouvé une place dans un night-club.

— Un night-club ?

Avant qu'il précise sa question, elle expliqua :

— Elle était danseuse.

— Ah ! Je vois.

Relevant fièrement le menton, Darcie défendit son amie.

— Elle était superbe, elle avait du caractère et elle a travaillé dur pour s'occuper de Lily.

— Toi aussi, compléta-t-il.

— Oui. Mais je ne gagnais pas grand-chose : je débutais, on me versait le salaire minimum. Quand Zara est tombée enceinte, elle a cru que le père de Lily volerait à son secours. Elle avait oublié que ce genre de miracle n'arrive jamais. Pas aux gens comme nous, en tout cas.

Elle déglutit pour faire passer l'arrière-goût amer qu'elle sentait au fond de sa gorge. Leurs parents respectifs les avaient abandonnées. Jamais elles n'avaient pu compter sur l'administration pour les laisser rester dans une famille qui leur convenait.

— Alors, nous avons traversé une période difficile, enchaîna-t-elle. Jusqu'à l'accouchement, il a fallu vivre à deux sur mes maigres revenus. Dès que Lily est née, Zara a repris le travail. Nous prenions le bébé en charge à tour de rôle : elle le jour et moi, la nuit. Je suis fière de ce que nous avons accompli, elle et moi, à force de discipline et de persévérance. Tout fonctionnait jusqu'à ce qu'elle tombe malade.

Elle frémit au souvenir de cette tragédie. Si Zara s'était soignée tout de suite, si elle n'avait pas épuisé ses forces au moment où une simple grippe dégénérait en pneumonie... Si elle avait su qu'elle avait une maladie des poumons !

— Darcie, souffla Elias en l'attirant dans ses bras.

Elle se blottit au creux de son épaule et poursuivit :

— Elle ne voulait rien entendre. Elle continuait à partir travailler alors qu'elle avait de la température depuis des jours. Elle a fini par s'écrouler dans la rue, une nuit. Après quelques heures de coma, c'était fini. Ses poumons étaient détruits.

— Oh ! Darcie... Je suis désolé. Pour toi comme pour Lily. J'imagine le cauchemar que tu as traversé. Ils te l'ont enlevée tout de suite ?

Elle acquiesça d'un hochement de tête. Jamais elle n'oublierait cette journée où, juste après avoir appris la mort de sa meilleure amie, elle avait dû assister, impuissante, au départ de Lily. Elle revoyait le bébé de Zara dans les bras de l'assistante sociale, qui regardait leur studette d'un air scandalisé, comme si c'était le dernier endroit au monde pour élever un enfant.

Certes, c'était petit. Mais propre et douillet.

Au cours des mois suivants, il avait fallu que Darcie livre une bataille homérique pour obtenir cette infime consolation : un droit de visite dominical de deux heures. Ce fil d'Ariane, ténu et mince, lui avait au moins permis de rester dans la vie de Lily et donc d'y faire figure de repère. Depuis qu'elles ne vivaient plus ensemble, ces retrouvailles constituaient la plus grande joie de Darcie – le rayon de soleil de la semaine.

— J'ai eu tort de considérer qu'un engagement marital ferait office de baguette magique, reprit-elle. En réalité, ça ne fonctionne pas comme ça.

Elias la serra contre lui et déposa un baiser très tendre sur son front avant de répondre :

— Continue tes visites. Quand tu le souhaiteras, je viendrai avec toi. Ma présence va bétonner la demande, tu vas voir.

Sa fanfaronnade la fit rire.

— Vraiment ? railla-t-elle. Tu apparais dans le tableau, et tout le monde tombe sous ton charme ? Les fonctionnaires les plus coincés de l'administration de l'enfance les premiers ? C'est bien ça ?

— Bien sûr ! Comment peux-tu en douter ?

Il avait eu envie d'entendre son rire, même si cela ne devait durer qu'une seconde. Car intérieurement, il était révolté. La Darcie qui baissait les bras n'était pas celle qu'il connaissait, mais comment aurait-elle pu déployer une force invincible après un pareil drame ?

Il comprenait enfin ce qui l'unissait à cette petite fille. Zara et elle avaient été des sœurs, une famille l'une pour l'autre, et Darcie avait le sentiment d'avoir trahi son amie post-mortem en ne pouvant éduquer elle-même Lily. Il comprenait cette culpabilité, lui qui n'avait pas su sauver sa mère...

Il fallait absolument rectifier cette injustice. Pour la fillette comme pour Darcie.

— Viens, conclut-il. Allons déjeuner. J'ai commandé tes fromages préférés.

Darcie devenait paresseuse. Durant la semaine qui suivit leur retour à Londres, elle s'offrit plus de relaxation qu'au cours de toute sa vie.

Certes, elle consacra du temps au montage de son dossier avec Elias. Elle laissa également plusieurs messages à Shaun qui, pour l'heure, ne semblait pas prêt à refaire surface. Mais même si elle ne dormait pas beaucoup, elle fit des grasses matinées et, quand Elias partait travailler, elle se délectait de la chance de bénéficier d'une piscine privée.

Leurs nuits étaient blanches, ils n'étaient jamais rassasiés l'un de l'autre et à peine était-elle seule, le matin, que Darcie ne pensait guère à autre chose qu'à retrouver les bras de son époux.

Jamais elle n'aurait pensé que le plaisir physique pouvait générer une telle accoutumance – parce qu'elle n'avait pas soupçonné la puissance des plaisirs charnels.

— C'est terrible, observa-t-elle, en sueur, le dimanche matin.

La tête posée sur le corps en feu de son mari, elle écoutait son cœur qui cognait.

— Je perds la tête. Je devrais peut-être revenir au bureau.

— Quoi ? s'exclama-t-il en se redressant.

— Eh bien, oui... L'oisiveté n'est bonne pour personne. Quand tu n'es pas là, je ne sais pas quoi faire.

Elias se mit à rire.

— Tu es en vacances depuis six jours et, ainsi que tu me l'as toi-même rappelé, tu n'en avais pas pris depuis plus d'un an. Tu ne crois pas que c'est un peu rapide pour parler d'oisiveté ? Et je ne veux plus être ton patron, Darcie. Ce serait déplacé.

— Pourquoi ? Tu es le premier à dire que nous formions une bonne équipe ! Ce sont tes mots, Elias.

— Nous sommes mariés. C'est différent, maintenant.

Il lâcha un soupir avant de reprendre :

— Et si tu t'inventais *ta* carrière *à toi* ?

Sur la défensive, elle lui jeta un regard noir.

— Mais j'ai un métier ! opposa-t-elle.

— Tu ne t'es jamais demandé ce que tu avais envie de faire. C'est le moment : tu peux reprendre des études, monter ton entreprise... Tu as vingt-trois ans, Darcie : tout est possible.

Elle le dévisagea avec attention.

— C'est parce que ton père a trompé ta mère avec sa secrétaire que tu tiens tant à ce que je change de job ? défia-t-elle.

Elias accusa le coup. Elle visait droit dans le mille, mais il y avait tellement pire que cet épisode... Cette infidélité avait servi de révélateur. Le pire, c'était l'abus de pouvoir permanent. La personnalité toxique d'un père tyrannique et destructeur.

— Viens, dit-il. Ou nous serons en retard pour ma première rencontre avec Lily.

En réalité, la perspective de découvrir la fillette suscitait en lui des sentiments ambigus. Il n'était pas à l'aise avec les enfants et s'il accompagnait Darcie, c'était surtout pour qu'elle ne se sente pas seule dans sa démarche.

Mais son point de vue changea très vite.

Lily était une adorable petite poupée aux grands yeux bruns, et ses ravissantes boucles couleur chocolat dansaient autour de son visage. Au premier coup d'œil, il se sentit conquis.

Puis, en voyant Darcie tellement à l'aise avec la petite, il sentit quelque chose de mystérieux s'ouvrir en lui. Un désir, une curiosité... Mais comme il n'avait jamais parlé avec des enfants auparavant, comme il ignorait comment engager le dialogue, il resta silencieux durant cette première visite.

La fois suivante, ils mangèrent des cornets de glace et la moustache crémeuse qui vient orner la lèvre supérieure d'Elias déclencha l'hilarité de la petite. Le contact fut ainsi établi.

Faire rire l'enfant devint sa mission et sa spécialité. À son propre étonnement, il obtint un succès de plus en plus vif. Désormais, Lily le dévorait de ses grands yeux en riant avant même qu'il ait ouvert la bouche.

Mais après la quatrième visite, sur le chemin du retour, il trouva Darcie singulièrement silencieuse.

— Qu'est-ce qui te contrarie ? s'enquit-il lorsqu'ils furent chez eux. L'assistante sociale a-t-elle dit quelque chose ?

Assise à la table de la cuisine, la jeune femme acquiesça. Elias s'aperçut qu'elle tremblait.

— Oui. Elle a dit que Darcie allait changer de famille d'accueil. Je ne voulais pas qu'elle soit déplacée une nouvelle fois avant que nous obtenions sa garde. C'est trop...

La façon dont elle venait de prononcer ces mots semblait faire écho à un traumatisme personnel... et Elias avait besoin d'en savoir davantage.

— C'est ce qui t'est arrivé ? demanda-t-il en s'installant face à elle.

Elle hocha la tête et détourna les yeux avant de se servir un verre d'eau.

Bon sang, ce passé était trop douloureux pour qu'elle le lui dévoile si aisément, réalisa-t-il. S'il espérait qu'elle s'ouvre à lui, il devait faire de même...

C'était à lui de commencer. Il alla se chercher un verre, se rassit et avala une longue gorgée d'eau fraîche.

— Mes parents entretiennent une relation violente, déclara-t-il de but en blanc.

Incapable de soutenir son regard, il enchaîna :

— C'est la première fois que je prononce ces mots de vive voix.

— Oh ! Elias...

— Non, laisse-moi poursuivre, demanda-t-il. Mon père est un homme toxique. Tyrannique. Il tient ma mère sous sa coupe depuis leur mariage et il m'a également gardé longtemps sous son contrôle.

Il reprit son souffle et continua :

— Il ne s'agit pas de violence physique. Seulement de contrainte. De toutes les formes de coercition psychologique : une séduction morbide, la menace, les crises de rage. Il la manipule. Il tord la réalité en lui faisant croire qu'elle ne peut qu'échouer, que tout est toujours sa faute. Il lui tient la tête sous l'eau depuis si longtemps que... elle ne peut pas le quitter. Elle n'y arrive pas. J'ai pourtant tout essayé. Tout !

Il sentit les mains de la jeune femme se poser sur les siennes.

— C'est également le traitement qu'il a fait subir à son

assistante, soupira-t-il. Il s'est servi d'elle. Il l'humiliait, il créait une dépendance. Elle a réussi à le quitter après une dizaine d'années.

— Mais comment ta mère est-elle tombée dans ce piège ? s'enquit-elle d'une voix douce qui trahissait son effroi.

— Je ne sais pas, admit-il. Il l'a convaincue qu'elle avait eu « la chance » de le rencontrer, je suppose. Puis, il l'a autorisée à avoir un enfant... un enfant qui serait exactement comme lui : un leader, intelligent et couronné de succès. Il m'a donné l'ordre de devenir le meilleur. Et si, dans une certaine mesure, j'ai obéi à cette injonction, c'est parce que j'ai trouvé ma planche de salut dans les études. Apprendre m'a éloigné de lui. En découvrant les mathématiques, l'économie, en me passionnant pour les nouvelles technologies, je coupais les ponts, peu à peu. Je rompais ce lien mortifère.

— Je suis heureuse que tu aies réussi à gagner ta liberté, dit-elle.

— Oui, répondit-il sombrement. Pour moi-même, j'ai réussi.

Elle observa un bref silence avant de demander :

— Tu vois encore ta mère ?

Il sentit une vieille douleur lui vriller la poitrine.

— Oui. Rarement. Pour les grandes occasions. Il l'autorise à me voir pour son anniversaire et le mien. Nous déjeunons toujours ensemble une semaine avant Noël.

Il lâcha un profond soupir.

— Cent fois je l'ai suppliée de venir vivre avec moi. Je lui ai dit que je pouvais l'installer où elle voudrait, qu'elle aurait son propre appartement, sa vie... Mais elle n'a jamais réussi à dire oui. Elle est brisée.

— C'est terrible pour toi, Elias. Et pour elle. Je suis

désolée, dit-elle en se levant pour faire le tour de la table et le prendre dans ses bras.

Il se laissa envelopper par ses bras tendres et ferma les yeux pour savourer son parfum de jasmin. Sa chaleur.

— Tu sais, il n'est pas trop tard. Elle finira peut-être par le quitter. Les gens ont parfois besoin de beaucoup de temps, et puis soudain... tout se débloque. En attendant, ne désespère pas.

Il savait que l'emprise était une forme de torture psychologique particulièrement difficile à rompre, et il hocha la tête en signe de reconnaissance.

Les mots justes n'existaient pas, ou alors ils étaient hors de la portée de Darcie. Elle sentait son cœur se tordre de douleur en comprenant combien Elias avait souffert et souffrait toujours de cet enfer domestique.

Toute sa personnalité s'éclairait d'un jour nouveau. Le refuge dans le travail. La phobie des émotions. Les relations fugitives avec des femmes qui ne restaient pas dans sa vie...

Comme pour elle, quoique dans des circonstances différentes, son enfance lui avait laissé des cicatrices profondes. Mais ils étaient adultes, songea-t-elle. Elias n'était pas son père, et elle avait la possibilité de devenir une mère d'adoption pour Lily.

Elle se leva, alla chercher des assiettes, des couverts, et dressa la table.

— Qu'est-ce que tu fais ? demanda-t-il avant de lâcher une exclamation de stupeur.

Tandis qu'elle sortait des victuailles du réfrigérateur, il balbutia :

— Tu... Tu mets la table ? Pour qu'on *prenne un repas* ?

Elle ne put s'empêcher de rire devant son air ahuri.

— Oui ! confirma-t-elle. Tu veux prendre une photo ?

Puis elle admit :

— Un jour, tu as voulu savoir pourquoi je refusais de dîner avec toi, même pour affaires… Être privée de repas de famille m'a rendue phobique. Mon père est sorti du tableau avant ma naissance. Ma mère ne m'a gardée que quelques mois avant de m'abandonner devant un foyer. Et j'ignore pourquoi je n'ai jamais pu rester plus d'un an au sein de la même famille d'accueil. Je suis tombée sur des gens bien. Et sur des personnes qui ne pensaient qu'à encaisser l'allocation.

Elle reprit son souffle avant de poursuivre :

— À une époque, j'ai connu le bonheur chez un couple qui avait une fille du même âge que moi… Mais quand j'ai commencé à avoir de meilleurs résultats qu'elle en classe, ils m'ont rendue à l'institution. Ils ont dit que je serais mieux dans une famille apte à me donner l'attention dont j'avais besoin.

Elias secoua lentement la tête.

— Une attention que tu n'as pas obtenue, n'est-ce pas ?

— Non, en effet. Dans la famille suivante, le silence du couple pendant les repas me mettait mal à l'aise. C'est à ce moment-là que j'ai développé cette allergie. Ils n'étaient pas méchants avec moi, non, mais je me sentais de trop. Je me suis mise à inventer des prétextes pour ne pas manger avec eux. Puis j'ai encore été déplacée… jusqu'au moment où j'ai atteint l'âge de demander à intégrer un foyer pour adolescents. J'avais seize ans et je me suis trouvé un petit boulot après le lycée : un nouvel alibi pour rater les dîners de groupe.

Elias se leva et la rejoignit. Il encadra son visage de ses mains, caressant ses cheveux avec douceur.

— Nous pourrions rendre les repas du soir très différents pour Lily, promit-il. Démarrer un nouveau chapitre. C'est possible, maintenant : je suis là pour toi, Darcie.

Un frisson la parcourut à ces mots. Oui, c'était exact : Elias était un homme attentionné et généreux. Il la comblait d'égards, mais... il ne leur restait que dix mois et demi. Ensuite, elle se retrouverait seule avec Lily.

Ne sachant que répondre, elle esquissa un sourire et murmura :

— Je suis vraiment navrée que ton père soit un tel salaud.

Tournant la tête, elle embrassa sa main gauche. Puis elle plongea le regard dans le sien. Elle ne se lassait pas de l'intensité de ses grands yeux bleus. Ni de la force de séduction de sa bouche infiniment sensuelle...

Se hissant sur la pointe des pieds, elle l'embrassa et, aussitôt, sentit une fièvre indomptable monter en elle.

Avec un grondement rauque, Elias répondit passionnément à son étreinte. D'un geste viril, il la souleva et l'assit devant lui sur la table.

Un sourire carnassier aux lèvres, il murmura :

— Je crois que j'ai trouvé un autre usage à cette table de cuisine.

Pour toute réponse, elle s'agrippa à son cou. Il était tout à elle. C'était *son* mari, et elle ne désirait que lui.

Parce que c'était son homme.

L'homme qu'elle aimait.

13

Le lendemain en fin d'après-midi, comme il rentrait à la maison après sa journée de travail, Elias trouva Darcie dans la cuisine et ne put refouler de son esprit les images de leur folle étreinte, la veille, sur la table. Un film qu'il s'était rejoué cent fois dans sa tête au cours de la journée. Il se réjouissait d'autant plus de la surprise qu'il lui réservait.

Dès qu'elle l'aperçut, son visage s'éclaira et elle s'écria :

— Lily va nous rendre visite ici !

— Comment cela ? s'étonna-t-il, répondant à son sourire radieux.

— L'assistante sociale a téléphoné. Elle pense que notre dossier est en voie d'aboutir. Cette visite en est la preuve et c'est un pas de géant, Elias !

— Formidable ! s'exclama-t-il en la soulevant pour l'embrasser.

Elle le serrait si fort qu'il sentit son désir redoubler d'ardeur, mais il rassembla ses forces pour recouvrer son calme et la repousser doucement.

Elle marqua le coup et parut surprise. Elias n'y prêta guère attention, trop excité par l'excellent projet qu'il avait concocté.

— J'ai quelque chose pour toi, annonça-t-il.

— Ah ?

Il sortit l'enveloppe de son attaché-case et la lui tendit.

Fébrile, il attendit sa réaction tandis qu'elle découvrait le document.

— C'est un contrat de mariage, expliqua-t-il avec enthousiasme. Dans la mesure où nous n'avions pas le temps de nous en occuper avant, je l'ai fait rédiger aujourd'hui.

Il était contraire à ses habitudes et à son caractère de s'être lancé dans cette aventure sans protection juridique préalable. Mais en l'espèce, il y avait eu urgence. Désormais, la situation était rectifiée.

Ayant imaginé chaque clause de ce texte, il n'en était pas peu fier et il regarda Darcie tourner les pages.

— Pourquoi fais-tu ça ? demanda-t-elle lentement, après avoir terminé sa lecture.

Son regard froid le désarçonna.

— Je ne suis pas une œuvre de charité, Elias, ajouta-t-elle.

Cette fois, ce fut sa voix qui le fit frémir.

— Mais je ne... Darcie, c'est *pour toi* que j'ai voulu établir ce contrat ! plaida-t-il, surpris par sa réaction.

Comme elle ne répondait pas, il enchaîna :

— J'aurais dû m'en acquitter avant notre union, mais comment en aurais-je eu le temps ? Tu sais que c'était indispensable.

— « Indispensable » ? répéta-t-elle, visiblement persuadée du contraire.

De plus en plus désarçonné, il acquiesça.

— Bien sûr. Parce que grâce à ces dispositions, plus jamais vous n'aurez à redouter l'avenir, Lily et toi. Réfléchis, je t'en prie. Lily a déjà tant souffert ! Ce contrat lui garantit qu'elle ne te perdra pas, même si tu devais connaître une infortune. Tu voulais la protéger, non ?

Darcie ne répondit pas.

— Puisque je suis en position de le faire, il est normal que je le fasse... Ce n'est rien pour moi !

— Mais je ne *veux pas* que tu fasses ça ! s'écria-t-elle. Et je ne signerai pas !

Estomaqué, il la considéra d'abord avec une perplexité méfiante, puis avec colère.

— Tu es la seule à pouvoir lui venir en aide ? La seule à pouvoir promettre de veiller sur elle ? C'est ça, Darcie ? Tu ne trouves pas ta position d'une arrogance rare ?

— Si j'en crois mon expérience, répliqua-t-elle sèchement, peu de gens tiennent leurs promesses.

— Eh bien, justement. C'est à cela que sert un contrat. Avec la garde de Lily, tu vas toucher cette somme, de sorte qu'elle ne soit pas conditionnée à notre union. Cet argent sera *à toi*, quoi qu'il arrive. Qu'est-ce qui te gêne ? La sécurité ? C'est le seul cadeau que je puisse vous faire !

Comme elle lui décochait un regard assassin, il reprit :

— Ce n'est que de l'argent ! Tu es bien placée pour savoir que j'en ai bien assez. Ne regarde pas cette somme pour ce qu'elle est au premier degré mais comme le symbole de ta liberté. Plus jamais tu n'auras à te soucier d'avoir assez pour payer les études de Lily... Travaille si tu veux, ce sera pour ton équilibre et non par nécessité. Et moi, je contribue ainsi à ma mesure à mettre Lily à l'abri d'un mauvais coup du sort.

Le silence obstiné qu'elle lui opposait le mettait à bout de patience. Une nouvelle fois, il répéta, excédé :

— Ce n'est rien pour moi !

Elle plongeait toujours un regard mortel dans le sien.

— « Rien », répéta-t-elle.

Un mauvais pressentiment le saisit. Il avait peut-être commis une erreur. Une lourde erreur, à en croire la façon insensée dont elle accueillait son geste. Non seulement elle ne dansait pas de joie, mais elle interprétait sa démarche comme... comme quoi ?

— Le « seul cadeau que tu puisses nous faire » ? enchaîna-t-elle d'un ton acide. Elias, tu as accepté de m'épouser. Puis tu as mis à ma disposition une équipe de juristes et d'avocats qui travaillent exclusivement sur le dossier de la garde de Lily. Et maintenant, tu veux m'offrir plusieurs millions ? Ça ressemble plutôt à une avalanche de cadeaux, non ?

Il fronça les sourcils. Visiblement, ce n'était pas assez. Jamais il ne pourrait lui offrir ce qu'elle attendait de lui. Ce qu'elle méritait. Ce qu'elle était en droit d'espérer. Non, il n'était pas capable de lui donner *ça* – alors il compensait.

— Darcie, reprit-il sèchement, lorsque tu auras signé ce document, ce qui se passera entre nous n'aura plus d'importance. Tu comprends l'intérêt de ce contrat ?

Oh oui ! Darcie ne le comprenait que trop bien. Signer ces pages équivalait à lui donner sa bénédiction pour rompre. Dès qu'elle aurait fait ce qu'il lui demandait, il pourrait divorcer ou, mieux encore, obtenir l'annulation de leur mariage. Il serait libre.

Et, cerise sur le gâteau, il aurait la conscience tranquille puisqu'il aurait fait pleuvoir des millions sur sa tête, en plus de lui offrir la villa !

— Si nous nous disputons, si nous décidons de nous séparer, eh bien, tu auras de quoi voir venir. Tu n'auras pas à changer de décor et l'éducation de Lily sera assurée. Grâce à cette mesure, tu peux te montrer parfaitement honnête avec moi.

De plus en plus horrifiée par le cynisme de ces propos, elle croisa les bras sur sa poitrine et contra :

— Tu penses que, si tu ne me paies pas, je me montrerai malhonnête vis-à-vis de toi ?

Elle n'en croyait pas ses oreilles.

— Tu penses que je te mens ? insista-t-elle.

— Non, mais... Tu as dû te mordre la langue plus d'une fois quand tu travaillais pour moi, expliqua-t-il. Tu étais bien obligée de me supporter, même quand je n'étais pas supportable : tu as dû accomplir l'impossible. Parce que tu avais besoin de ton salaire... Or moi, j'ai besoin de ta franchise, Darcie. Plus que tout, ce que je désire de ta part, c'est ta sincérité.

Sa sincérité ! Mais surtout pas son amour. Non, il ne voulait pas de ses sentiments. Et c'était un supplice de l'entendre l'admettre aussi crûment !

— Pour ta gouverne, je ne pense pas qu'il soit arrivé une seule fois que tu m'énerves au point que tu décris, Elias. Peut-être que tu sous-estimes ma patience ou que tu te montres trop sévère vis-à-vis de toi, mais peu importe. Parce que ce que tu m'apprends, en fait, c'est que tu as besoin de *me payer* pour me croire pleinement honnête avec toi. Cela en dit long sur ce que tu gardes toi-même sous silence, n'est-ce pas ?

La transaction qu'il lui soumettait était horrible. Car si elle suivait son instinct, si elle refusait de signer, il partirait du principe qu'elle mentait *par omission et par intérêt*.

Il n'était pas le seul à avoir tout faux. Elle avait cru construire avec lui une relation de confiance. Pas du tout. Il venait de lui retirer cette illusion et, au moins à cet égard, songea-t-elle sombrement, elle devrait un jour lui en être reconnaissante.

Le silence était tombé dans la cuisine. Ils se regardaient soudain comme deux étrangers.

— Je veux toujours que tu signes, Darcie, précisa-t-il, confirmant par ces mots que quelque chose venait de se briser entre eux.

Elle secoua la tête.

— Je regrette. Il n'en est pas question.

Le cœur en miettes, elle regarda le visage de son mari se décomposer. Réapparaissait devant elle Elias Greyson, P-DG de Greyson Corp, tel qu'en lui-même lorsqu'il devait renoncer à une affaire : froid, cassant, insensible.

— Tu veux rester seule dans ta démarche, observa-t-il. Bien. C'est probablement pour le mieux.

À sa surprise, elle vit cependant un pli marquer son front et une lueur inhabituelle traverser son regard lorsqu'il ajouta :

— Tu n'as pas besoin de moi, Darcie. Tu n'as besoin de personne.

— Je regrette de t'avoir entraîné là-dedans. C'est injuste pour toi. Mais nous savions l'un comme l'autre que ça ne durerait pas.

Un nouveau silence tomba entre eux. Enfin, il le rompit, un demi-sourire aux lèvres.

— Tu obtiendras la garde. Je sais que tu vas réussir. Et en cas de besoin, vous pourrez compter sur moi. Tu n'auras qu'à m'appeler.

Ses paroles lui faisaient l'effet d'une coulée d'acide. Non. *Jamais.* Jamais elle ne le solliciterait à nouveau ! Avec horreur, elle voyait ce qu'elle représentait à ses yeux : une responsabilité dont il n'avait jamais voulu.

Elle en suffoquait de douleur. C'était intolérable ; elle voulait partir sur-le-champ. Impossible de rester davantage sous ce toit !

— Je... Je ne peux pas rester ici, admit-elle, bouleversée.

D'un pas vif, elle traversa la cuisine, mais il lui barra le passage.

— Non, attends... Je t'en prie, reste. C'est moi qui vais rentrer au penthouse. Te donner de l'espace.

Décidément, il n'avait rien compris ! Il était encore en train de jouer au gentleman, de se donner le beau rôle...

Mais elle s'en fichait. Elle ne *pouvait pas* demeurer davantage dans cette maison où elle avait cru à un bonheur qui n'existait pas. Qui n'avait jamais existé.

Passant devant lui, elle s'enfuit.

Depuis une semaine, chaque nuit, Darcie cherchait vainement le sommeil. Sa première inquiétude avait été pour Lily qui s'était attachée à Elias. En retournant voir l'enfant aujourd'hui, elle lui avait dit que son nouvel ami était en voyage d'affaires – un mensonge sans conséquence pour le moment... Elle gagnait du temps.

Car il allait falloir également prévenir l'assistante sociale du changement majeur de son statut marital. La démarche réclamait réflexion et diplomatie. D'autant plus que, à sa stupeur, elle avait appris qu'Elias suivait toujours la formation de parent d'accueil.

Pour ne pas nuire au dossier de Darcie ? Oui, probablement. Quelle autre motivation aurait-il ?

Pour la centième fois, en se retournant sur son matelas, le dimanche soir, elle s'interdit de penser à lui. Hélas, tout lui manquait : leurs étreintes nocturnes, leurs fous rires, leur merveilleuse complicité... et ses bras autour d'elle quand elle était prête à sombrer dans le sommeil. Son parfum, la douceur de sa peau. Sa force, aussi.

Parfois, elle était prise de doutes. Tout s'était terminé de façon si brutale entre eux ! Et si elle avait mal compris ses intentions ? Il avait eu l'air heureux et confiant, le soir où il lui avait tendu ce contrat, un sourire aux lèvres.

Désespérée, elle songeait alors que ses intentions n'avaient guère d'importance : selon lui, elle ne pouvait pas se montrer honnête *s'il ne la payait pas*, et il n'avait *rien d'autre* à lui offrir que de l'argent.

Une semaine avait passé depuis leur rupture, déjà. Le lundi matin, elle jugea qu'il était temps de se reprendre en main. Elle avait conçu un plan réaliste et donc réalisable. D'abord, elle allait déménager. Il lui fallait un appartement plus grand pour faire avancer la demande de garde.

Or, pour louer un appartement d'au moins trois pièces, si possible dans un bon secteur scolaire, elle avait besoin de retrouver un poste en CDI. Grâce à ses compétences en informatique, elle espérait dégotter un emploi en télétravail partiel jusqu'à ce que Lily intègre le cours préparatoire.

Aussi s'inscrivit-elle dans son ancienne agence d'intérim ainsi que dans deux autres, réputées pour leur dynamisme.

Elle avait l'impression galvanisante de se remettre en selle quand on frappa à la porte. Son cœur se pétrifia dans sa poitrine.

Durant un instant, un espoir idiot galopa en elle. Tel un automate, elle alla ouvrir et, profondément déçue, sourit à son vieil ami.

— Ah, Shaun. Bonjour.

— Désolé de te déranger...

— Pas du tout. Entre.

Il était livide, restait obstinément sur le seuil et elle s'enquit avec inquiétude :

— Tu te sens bien ?

— Oui, merci, mais... Je n'entre pas, Darcie.

Il prit une longue inspiration et la regarda tristement.

— Je suis venu te présenter mes excuses. Je regrette profondément de m'être comporté comme je l'ai fait, il y a quelques semaines, et j'espère que tu parviendras à me pardonner. Je t'ai fait virer l'argent que tu m'avais prêté...

— Oh ! Shaun...

— J'ai honte de ce que j'ai fait, insista-t-il. Tu sais que je lutte pour apprendre à tenir mes engagements. C'est compliqué. Je passe à côté de nombreuses occasions.

— Je sais, murmura-t-elle d'un ton compatissant. Je connais ça.

La confiance en soi était tellement difficile à acquérir pour les gens comme eux ! Ils n'avaient connu que l'instabilité, l'arbitraire, la déception. Darcie savait que Shaun luttait contre ses démons. Elle ne lui avait jamais tenu rigueur de sa défection.

— Écoute, Shaun, je n'aurais pas dû te demander une chose pareille. C'était déraisonnable. Je tiens à ce que tu saches que je peux obtenir la garde de Lily toute seule. Quant à l'argent, garde-le. Tu en as besoin. Nous resterons sur le même accord, à savoir le partage des bénéfices jusqu'à ce que...

Il secoua la tête avec détermination.

— Non, Darcie. Le virement est passé sur ton compte. Tu verras la somme apparaître dans la journée.

Elle fronça les sourcils et lui assura :

— Ton entreprise va marcher, tu sais ! Je vais te rendre...

— J'ai trouvé un autre parrain, lâcha-t-il.

— Ah bon ? Qui ?

Shaun hésita.

— Il ne tenait pas à ce que j'en fasse état, mais je ne peux pas te mentir et puisque c'est un de tes proches...

Ahurie, elle arrondit les yeux avant de balbutier :

— Tu ne veux pas dire que... C'est Elias ?

Il acquiesça.

— Elias Greyson t'a donné l'argent pour monter ta société ? insista-t-elle.

Une nouvelle fois, Shaun opina du chef.

— Il faut que je te laisse, maintenant, mais tiens-moi au courant de l'évolution de ta demande de garde, d'accord ? À bientôt, Darcie.

143

Sur ces mots, il disparut, et elle resta interdite une bonne minute sur le seuil de la porte.

Puis, après l'avoir refermée, elle dut s'y adosser.

Non seulement Elias avait traqué et retrouvé Shaun mais, loin de le menacer ou de l'accabler de reproches, il lui était venu en aide. Tout en s'assurant qu'elle allait récupérer son argent...

Pourquoi ?

Son cerveau se mit à brasser les informations. Les nouvelles et les anciennes.

Bon sang, elle avait fait le bon choix, n'est-ce pas ?

En cours de route, elle était tombée amoureuse d'Elias. Et elle l'aimait tellement qu'elle avait désespérément besoin d'être aimée en retour.

Ne plus être rejetée, ne plus être déçue... C'était ce qu'elle voulait offrir à Lily. Un amour inconditionnel et éternel. Un amour et une famille indestructibles. Un *vrai* foyer.

Car rien n'était pire qu'être abandonnée et...

Soudain, elle se mordit la langue.

Elias ne l'avait *pas* abandonnée. C'était elle qui s'était enfuie, certaine qu'en voulant lui faire signer ce contrat, il se débarrassait d'elle. Elle qui avait envisagé le pire et *anticipé* sa pire terreur en partant volontairement...

Et si elle s'était trompée ? S'il y avait eu un angle mort dans sa manière d'aborder la situation ? Elias n'avait-il pas toujours honoré ses demandes, respecté ses limites ? Ce besoin maladif de la protéger financièrement ne venait-il pas de ses propres traumatismes ? Dans sa famille si dysfonctionnelle et tourmentée, sa mère n'aurait-elle pas choisi une autre voie que la résignation si elle avait bénéficié d'un contrat de mariage comme celui qu'Elias avait imaginé ?

Cette liberté dont il tenait tant à lui faire cadeau, c'était la liberté de sa mère.

La honte l'accabla. Elle s'était comportée comme une égoïste. Elle aurait au moins pu essayer de comprendre ses intentions, quand bien même il se montrait maladroit ! Il avait fallu qu'elle réagisse par la peur, en retrouvant de vieux réflexes – de très mauvais réflexes.

Son cœur battait si fort qu'elle avait mal, mais il était peut-être encore temps de tout réparer. Elle devait essayer.

Il fallait qu'elle aille rejoindre Elias à son bureau.

Tout de suite !

Il était près de midi quand Darcie parvint, haletante et en sueur, dans le hall de Greyson Corp.

— Darcie ? s'étonna Olly, le chauffeur, en la voyant traverser la salle d'attente réservée aux visiteurs. Je pensais que…

— Où est-il ? le coupa-t-elle en se précipitant vers lui.

Elle se fichait de ce qu'Olly pouvait bien penser ! D'ailleurs, elle n'avait pas besoin d'être découragée maintenant. Aucune force au monde ne l'empêcherait de retrouver Elias et d'avoir une conversation franche avec lui.

— Pouvez-vous me conduire jusqu'à lui, s'il vous plaît ? C'était trop important.

— Bien sûr. Suivez-moi, répondit-il.

Un moment après, à l'arrière de la berline, elle écoutait son cœur battre à coups lourds dans sa poitrine. Comme Olly s'arrêtait, elle contempla, bouche bée, l'immeuble au bas duquel ils se trouvaient.

— Mais…

— Je l'ai déposé devant chez vous il y a environ une heure, expliqua-t-il.

Darcie sentit son rythme cardiaque s'affoler davantage. *Chez elle ?* Pourquoi ? Qu'était-il venu lui dire ?

— Et il est toujours là ? s'enquit-elle.

Olly fit la moue.

145

— Aucune idée. Il a insisté pour que je prenne le reste de ma journée.

Dès que la berline fut repartie, elle s'engouffra précipitamment dans l'immeuble et grimpa l'escalier quatre à quatre. Elle était à bout de souffle quand elle parvint sur son palier où elle trouva Elias, assis sur le tabouret réservé au courrier, la tête entre les mains.

— Oh ! s'exclama-t-elle.

— Darcie ?

Il avait l'air à la fois perdu et soulagé.

— Qu'est-ce que tu fais ici ? demanda-t-elle d'une voix qui chevrotait.

— Je t'attendais.

Le bleu outremer de ses yeux s'était empli de gris. Il avait des cernes et le visage creusé. Son habituel costume avait disparu au bénéfice d'un jean délavé et d'un T-shirt à manches longues.

Il accusait le choc, mais... il était extraordinairement sexy.

Lentement, il se leva et reprit :

— Il fallait absolument que je te parle. Que je te dise que je regrette. Je suis désolé, Darcie. Tu vas m'en vouloir de ma visite ? J'aurais dû te prévenir...

Oh... Elle ne tenait pas du tout à ce qu'il lui présente des excuses alors que c'était elle qui s'était mal comportée !

— Elias, je viens de ton bureau, expliqua-t-elle. Je te cherchais. C'est Olly qui m'a ramenée ici.

Elle lui sourit et ajouta :

— Je suis si contente de te trouver ! Si heureuse que tu ne sois pas reparti...

Elias sentait ses tempes bourdonner. Elle se tenait devant lui, plus belle que jamais, dans son pantalon de toile tout simple et sa blouse à fleurs. Ses cheveux couleur de miel tombaient en mèches ondulées de sa queue-de-cheval, et son grand regard brillait de mille éclats argentés.

— Darcie, reprit-il très bas, reviens à la maison. S'il te plaît.

La vie sans elle était possible. Il savait travailler, progresser, prévoir le prochain virage... mais plus rien n'avait de saveur. Le monde entier semblait enveloppé d'une cendre grise depuis qu'elle était partie. Une monotonie désespérante l'accablait. Il était devenu vide. Parce que son âme, sa joie, son bonheur, c'était Darcie.

— Je t'en prie, ajouta-t-il. Tu me manques tellement... Et cette maison, c'est chez nous. Tu es ma femme, Darcie. Pour de vrai. Je t'aime.

Elle entrouvrit la bouche, mais aucun son n'en sortit.

— La vérité, enchaîna-t-il, c'est que je ne savais pas comment gérer mes sentiments et j'ai tout gâché en cherchant à...

— Qu'est-ce que tu viens de dire ? coupa-t-elle.

— Que je ne savais pas comment gérer...

— Non, avant.

Il observa un bref silence et plongea le regard dans le sien.

— Que je t'aime.

L'expression sur le visage de la jeune femme était si inédite qu'elle resterait gravée dans sa mémoire. Ses cils battirent très vite et il la vit vaciller. C'était une folie de sa part de lui faire cet aveu, et il avait conscience de risquer gros si elle prenait peur, mais il ne pouvait pas lui cacher quelque chose de si important.

— C'est une première pour moi, expliqua-t-il. Cela ne m'était jamais arrivé et je ne sais pas vraiment comment faire. Il y a pourtant une chose dont je suis sûr : je ne suis pas comme mon père, Darcie. En fait, j'ai bien peur de ressembler plutôt à ma mère : je ne sais pas verbaliser mes émotions. Je ressens pourtant des choses très fortes, j'ai voulu faire tout ce que tu me demandais... et l'idée de te contrôler est la dernière qui me vienne à l'esprit. Alors, quand tu as décidé de partir, l'autre jour, j'ai commis cette autre erreur : ne pas chercher à te retenir. Mais je n'ai pas été franc. Je ne t'ai pas dit pourquoi je tenais tant à ce que tu signes ce papier.

Elle l'écoutait religieusement. S'il en croyait l'humidité au coin de ses yeux, elle était bouleversée, et il poursuivit :

— J'ai su te courir après le jour où tu es venue me rappeler que tu démissionnais. Tu as claqué la porte du bureau et j'ai foncé à ta poursuite. Parce que je ne *pouvais pas* te perdre... S'il fallait t'épouser pour te garder, je n'allais pas hésiter non plus : j'étais trop heureux de trouver une solution qui me permette de continuer à faire l'autruche ! De nier l'évidence. Comme ce stupide contrat, Darcie... Tu ne vois donc pas que je t'aime comme un fou depuis le début ? Il n'y avait que toi pour me sortir de cette impasse. Pour déverrouiller mon cœur. Avec toi, je ressens tout : la jalousie, la colère, le ressentiment et surtout, surtout, l'amour. C'est-à-dire ce que je m'étais juré de ne jamais éprouver. Grâce à toi, je suis libéré. Ma vie est infiniment plus riche, plus forte qu'avant.

Une larme roula sur la joue de la jeune femme.

— Je me suis aveuglée, moi aussi, avoua-t-elle. J'affirmais qu'il n'y avait rien de pire que l'abandon. La solitude. Mais ma vraie peur n'était pas celle-là : c'était d'être un poids, une obligation, une présence non désirée. De sentir que j'étais acceptée *par devoir*. J'avais tellement peur d'être un tourment pour toi, Elias ! Je ne pouvais pas supporter cette idée. Et comme je désirais tellement plus qu'un mariage de papier, comme j'étais incapable de me satisfaire de notre arrangement, je t'en ai voulu.

— Tu... Tu désirais plus ? balbutia-t-il.

Elle arrima son regard au sien. Un regard vibrant et grave.

— Oh oui ! Je veux tout, Elias. Je te veux toi, je veux Lily, et je veux que nous ayons d'autres enfants. Je veux tout vivre avec toi, tout partager avec toi...

Elle s'avança vers lui et posa une main sur son front pour repousser une mèche qui tombait devant son œil. Le contact de sa main si délicate et douce sur sa peau fit frémir Elias.

— Tu as voulu me faire signer ce contrat pour conjurer ta crainte d'exercer une forme d'emprise sur moi, n'est-ce pas ? chuchota-t-elle.

Il hocha la tête.

— Je n'ai pas mesuré ce que je faisais, et je suis vraiment...

— Non, tu n'y es pour rien, assura-t-elle. J'ai acquis des réflexes malheureux pour éviter d'être blessée. Par exemple, l'incapacité d'accorder ma confiance même quand c'est possible. Il est beaucoup plus facile de partir du principe que personne ne sera jamais là pour toi plutôt que de courir le risque de donner une chance à quelqu'un. Il y a eu des familles qui voulaient de moi... À quinze ans, j'ai préféré rester en foyer avec d'autres adolescents. Par peur d'être finalement rejetée, au cas où ces gens changeraient d'avis. Or, avec toi, j'étais terrorisée : je pensais que ce contrat était ton échappatoire, ta sortie de secours pour...

— Mais non, pas du tout, voyons, pas du tout !

— Oui, maintenant, je le sais, reprit-elle. J'ai eu tort. Je m'en étais rendu compte et c'est pourquoi je me suis précipitée à ton bureau.

Elle glissa les bras autour de son cou et, malgré les larmes qui inondaient ses joues, elle lui sourit pour enchaîner d'une voix brisée :

— Je te choisis, Elias. Toi, plutôt que ma peur. Je veux rester auprès de toi et j'espère que toi aussi, tu me choisiras.

— Tu sais que je l'ai déjà fait, répondit-il. Mais je n'aime pas te voir aussi bouleversée, Darcie. S'il te plaît, ne pleure plus et...

— Alors serre-moi.

De toutes ses forces, il la tint contre lui, savourant la chaleur de son corps et caressant ses cheveux. C'était si bon de la sentir dans ses bras !

— Je te tiens et je ne te lâcherai plus, Darcie, murmura-t-il.

— Bien, lâcha-t-elle dans un sanglot.

— Mais ne pars plus parce que je ne le supporterais pas. C'est trop dur.

— Je ne veux plus te quitter. Plus jamais. Je t'aime.

— Oh ! Darcie !

Ils échangèrent un regard ému, puis Elias s'empara de ses lèvres et l'embrassa avec une infinie tendresse, suivie d'une volupté brûlante.

— La vie est merveilleuse avec toi, dit-il tout contre sa bouche. Nous sommes faits l'un pour l'autre. Et c'est toi qui as le pouvoir sur moi, Darcie. Parce que tu tiens mon cœur. Ne le brise pas...

— Jamais, promit-elle. C'est mon plus grand trésor. Et toi, ne change surtout pas, Elias. Ne change rien : contente-toi de rester toujours auprès de moi.

Ils s'embrassèrent encore follement avant de rire.

— Est-ce que c'est bien vrai ? s'enquit-elle. Je ne rêve pas ?

— Je suis là. Je ne vais nulle part, jura-t-il en la serrant encore plus fort. Quand tu es là, je respire mieux. Je ressens tout. Tu es mon énergie dans la vie : pour rien au monde je ne voudrais te perdre. Nous allons tout vivre, tout faire ensemble.

Il mit tout son amour dans son sourire en ajoutant :

— Je te tiens, Darcie Milne. Je ne te lâcherai pas. Jamais.

14

Deux ans après

La plainte ensommeillée de Darcie lui revint en écho :
« Monte ! Reviens au lit avec moi. » Elle avait prononcé
ces mots avant de se rendormir, et Elias ne comptait pas
les ignorer.

Une fois, par le passé, il lui avait dit non et plus jamais
cela ne se reproduirait.

Il serait toujours, *toujours* là pour elle, chaque fois qu'elle
le réclamerait.

Depuis un certain temps, il avait ralenti le rythme d'expansion de son groupe. Il avait même revendu une branche
industrielle parce qu'il n'avait pas besoin d'accumuler sans
fin et qu'il avait bien d'autres choses à faire. Par exemple,
préparer le petit déjeuner avec sa cuisinière favorite.

— Elle aime le sirop d'érable, déclara Lily, sûre d'elle,
comme il déposait les pancakes dans une assiette.

— Oui, c'est vrai. Alors assurons-nous que la bouteille
soit pleine, conseilla-t-il en espérant que cela dissuaderait
la fillette d'arroser elle-même trop généreusement le plat.

Il y avait tout juste un an que Lily vivait avec eux, et après
la garde définitive viendrait la procédure d'adoption. Enfin !

C'était merveilleux. Aussi merveilleux que les déjeuners de plus en plus fréquents qu'il partageait avec sa mère.

Darcie y participait parfois, ainsi que Lily. C'était exactement ce dont sa mère avait besoin pour ajouter un peu de joie dans sa vie : la rencontre avec cette irrésistible petite fille.

— Elle fait une drôle de grasse matinée, hein ? observa la petite.

— Oui.

Darcie semblait souvent fatiguée ces temps-ci et Elias croyait deviner pourquoi, mais il attendait qu'elle le lui dise elle-même.

— Elle est malade ?

— Mais non, assura-t-il. D'ailleurs, tu vas voir : elle va dévorer notre formidable petit déjeuner !

Lorsqu'il ouvrit la porte de la chambre, Darcie sourit et regarda Lily entrer avec précaution, chargée de son monstrueux plateau.

— C'est splendide ! Merci, Lily. J'adore les pancakes.

Elias la vit pourtant prendre un toast nature et sentit ses soupçons se confirmer.

— J'ai piscine aujourd'hui ! déclara l'enfant. Et ensuite, club de lecture.

— Eh bien, quelle journée, répondit Darcie en aidant la petite à découper un pancake. L'histoire que tu vas partager avec les autres te plaît ?

Lily hocha la tête.

— Oui. Elias a fini de me la raconter avant qu'on prépare le petit déjeuner.

— Et il est l'heure d'y aller, maintenant, intervint-il en consultant sa montre. Ta nounou t'attend en bas pour te conduire à l'école.

— Et mes pancakes sont prêts, ajouta Darcie. Merci, chérie, je vais me régaler.

Lily regarda Elias avec étonnement.

— Pourquoi ce n'est pas toi qui m'accompagnes, aujourd'hui ?

L'un des plus grands bonheurs d'Elias consistait à commencer chaque journée en déposant la fillette à l'école, et en lui racontant des devinettes absurdes sur le chemin.

— C'est exceptionnel, mon poussin. Ce matin, il faut que je reste avec Darcie. D'accord ?

— Bon, d'accord.

L'enfant alla embrasser la jeune femme.

— Il faut guérir ! ordonna-t-elle.

Puis elle quitta la chambre en appelant sa nourrice, et Elias reporta son attention sur son épouse.

— Tu as entendu ? C'est un ordre, tu dois te reposer, plaisanta-t-il.

— J'ai bien dormi, et il se trouve que je suis encore un peu fatiguée, répondit-elle, une lueur malicieuse dans les yeux. Parce que... j'ai un secret.

Elias s'installa au bord du lit et répondit à son sourire complice.

— Tiens donc. Un secret important ?

— Un secret qui vaut de l'or, acquiesça-t-elle.

Comme il se tenait coi, elle ajouta :

— Je crois que tu as deviné.

Le cœur d'Elias se mit à battre très fort et il désigna le plateau :

— Pas de pancakes, pas de café, seulement du jus d'orange et un toast...

Elle lâcha un petit rire enfantin.

— Je me trompe, Darcie ? Dis-moi que je ne fais pas erreur !

Une lumière radieuse inonda son visage de déesse.

— Non, c'est vrai ! Lily va devenir grande sœur... Nous allons avoir un bébé !

— Oh ! Darcie ! s'exclama-t-il en la serrant dans ses bras.

— Merci, murmura-t-elle. Merci, merci !

— Comment ?

Il se recula et vit qu'elle était très émue. Elle riait toujours, mais des larmes brillaient au coin de ses yeux.

— Tu m'as tout donné, dit-elle. Tout !

— Toi aussi, répondit-il en la couvrant de baisers adorateurs. Tu me combles.

Darcie se laissa presser contre lui. Jamais elle ne se lasserait de son si séduisant, son irrésistible mari.

— J'ai fait le test à l'instant, pendant que tu étais dans la cuisine avec Lily.

Son cœur s'affolait dans sa poitrine. Elle avait l'impression de flotter sur un nuage.

— Tu ne vas pas au bureau, aujourd'hui, n'est-ce pas ? murmura-t-elle en plongeant un regard de braise dans le sien. Tu restes ici avec moi ?

— Évidemment : tu m'as demandé de revenir me coucher. Je ne suis pas assez fou pour repousser pareille invitation !

Il déposa un baiser très tendre sur son front avant de s'enquérir :

— Mais alors toi non plus ? Tu ne vas pas travailler, aujourd'hui ?

Elle fit signe que non. Depuis près de dix-huit mois, elle dirigeait une association pour les femmes en situation de vulnérabilité, afin de leur permettre de reprendre le contrôle de leur vie sur le plan professionnel et financier. C'était passionnant, harassant, gratifiant. Mais même si elle investissait une grande part de son énergie et de son cœur dans cette activité, elle tenait à ce que cette journée n'appartienne qu'à eux. Cette journée si spéciale qu'ils allaient chérir toute leur vie durant.

— Je vais t'emmener déjeuner dans ton restaurant favori, proposa-t-il. Et plus tard, quand Lily sera rentrée de l'école, nous prendrons le jet, direction… Je ne sais pas encore. Un lieu ensoleillé qui se prête à un voyage de grossesse.

— Un voyage de grossesse ? répéta-t-elle, hilare.

— Oui. Une échappée et un moment de détente avant l'arrivée du bébé. J'ai déjà quelques idées d'activités.

— C'est vrai ? demanda-t-elle d'une voix enjôleuse.

— Oui, souffla-t-il en se penchant sur elle. L'idée te plaît ?

Oh oui ! Rien ne lui plaisait davantage que de faire l'amour avec son mari – c'était le plaisir le plus divin du monde ! Comment avait-elle pu croire, autrefois, que cet homme-là était insensible ? Ou bien qu'il était capable de contrôler ses émotions ?

Déjà, elle fondait entre ses bras, et elle savoura le contact de ses lèvres en feu, exigeantes et audacieuses.

Plus tard, quand elle se réveilla de sa sieste après plusieurs orgasmes, elle sentit ses doigts entrelacés dans les siens. Chaque jour, elle s'émerveillait de leur entente. Ce qu'ils avaient réussi à construire était incroyable.

— Lily a trouvé sa place, dit-elle en se blottissant plus étroitement contre lui. Elle est heureuse, entourée d'amour et d'attentions.

Leur famille offrait le nid qu'elle avait toujours voulu pour la petite fille. Et pour elle-même.

— Moi aussi, renchérit-elle. Je n'aurais jamais pensé avoir cette chance un jour.

— Ce n'est pas de la chance, murmura-t-il en la couvant

d'un regard énamouré. Tu mérites d'être aimée, Darcie.
Comme chacun de nous. Même moi.

Elle sourit, heureuse qu'il ait trouvé à son tour le chemin
de la paix intérieure et de l'équilibre. L'amour avait gagné.

RESTEZ CONNECTÉ AVEC HARLEQUIN

Harlequin vous offre un large choix de littérature sentimentale !

Sélectionnez votre style parmi toutes les idées de lecture proposées !

 www.harlequin.fr   **L'application Harlequin**

- **Découvrez** toutes nos actualités, exclusivités, promotions, parutions à venir...

- **Partagez** vos avis sur vos dernières lectures...

- **Lisez** gratuitement en ligne

- **Retrouvez** vos abonnements, vos romans dédicacés, vos livres et vos ebooks en précommande...

• Des **ebooks gratuits** inclus dans l'application

• **+ de 50 nouveautés tous les mois !**

• Des **petits prix** toute l'année

• Une **facilité de lecture** en un clic hors connexion

• Et plein d'autres avantages...

Téléchargez notre application gratuitement

SUIVEZ-NOUS !   facebook.com/HarlequinFrance
twitter.com/harlequinfrance

VOTRE COLLECTION PRÉFÉRÉE DIRECTEMENT CHEZ VOUS

Vous souhaitez découvrir nos collections ? Une fois votre 1er colis à prix mini reçu, si vous souhaitez continuer à recevoir nos livres, cela se fera automatiquement. Vous n'avez aucune obligation d'achat et cette offre est sans engagement de durée !

Dans votre 1er colis, 2 livres au prix d'un seul
+ en cadeau le 1er tome de la saga *La couronne de Santina*.
8 tomes sont à collectionner !

☛ COCHEZ la collection choisie et renvoyez cette page au
Service Lectrices Harlequin – CS 20008 – 59718 Lille Cedex 9 – France

Collections	Prix 1er colis	Réf.	Prix abonnement (frais de port compris)
❏ AZUR	4,75€	AZ1406	6 livres par mois 31,49€
❏ BLANCHE	7,40€	BL1603	3 livres par mois 25,15€
❏ PASSIONS	7,90€	PS0903	3 livres par mois 26,79€
❏ BLACK ROSE	8,00€	BR0013	3 livres par mois 27,09€
❏ HARMONY*	5,99€	HA0513	3 livres par mois 20,76€
❏ LES HISTORIQUES	7,40€	LH2202	2 livres tous les deux mois 17,69€
❏ SAGAS*	8,10€	SG2303	3 livres tous les 2 mois, 29,46€
❏ VICTORIA	7,90€	VI2115	5 livres tous les 2 mois 42,59€
❏ GENTLEMEN*	7,50€	GT2022	2 livres tous les 2 mois 17,95€
❏ NORA ROBERTS*	7,90€	NR2402	2 livres tous les 2 mois prix variable**
❏ HORS-SÉRIE*	7,80€	HS2812	2 livres tous les 2 mois 18,65€

*livres réédités / **entre 18,75€ et 18,95€ suivant le prix des livres

F23PDFM

N° d'abonnée Harlequin (si vous en avez un) ⊔⊔⊔⊔⊔⊔⊔⊔

Mme ❏ Mlle ❏   Nom : _____

Prénom : _____   Adresse : _____

_____

Code Postal : ⊔⊔⊔⊔⊔   Ville : _____

Pays : _____   Tél. : ⊔⊔⊔⊔⊔⊔⊔⊔⊔⊔

E-mail : _____

Date de naissance : _____

Date limite : 31 décembre 2023. Vous recevrez votre colis environ 20 jours après réception de ce bon. Offre soumise à acceptation et réservée aux personnes majeures, résidant en France métropolitaine, dans la limite des stocks disponibles. Prix susceptibles de modification en cours d'année. Vous pouvez demander à accéder à vos données personnelles, à les rectifier ou à les effacer. Il vous suffit de nous écrire en nous indiquant vos nom, prénom et adresse à : Service Lectrices Harlequin CS 20008 59718 LILLE Cedex 9. Service Lectrices disponible du lundi au vendredi de 9h à 17h : 01 45 82 47 47.